DESCARTES

SUPPLÉMENT

INDEX GÉNÉRAL

LÉOPOLD CERF

1913

OEUVRES

DE

DESCARTES

SUPPLEMENT

INDEX GÉNÉRAL

M. Darboux, *de l'Académie des Sciences, doyen de la Faculté des Sciences de l'Université de Paris, et* M. Boutroux, *de l'Académie Française, de l'Académie des Sciences Morales et Politiques, professeur d'histoire de la philosophie moderne à la Sorbonne,* ont suivi l'impression de cette publication en qualité de commissaires responsables.

OEUVRES

DE

DESCARTES

PUBLIÉES

PAR

Charles ADAM & Paul TANNERY

SOUS LES AUSPICES

DU MINISTÈRE DE L'INSTRUCTION PUBLIQUE

SUPPLÉMENT

INDEX GÉNÉRAL

PARIS

LÉOPOLD CERF, IMPRIMEUR-ÉDITEUR

12, RUE SAINTE-ANNE, 12

1913

A LA MÉMOIRE

Henri ADAM

Qui a commencé avec moi cette édition en 1894,

en a suivi tout le cours avec un vif intérêt

en m'aidant de ses précieux conseils, et n'en aura pas

vu l'achèvement.

12 Octobre 1913

CORRESPONDANCE DE DESCARTES

SUPPLÉMENT

I

CLXXXIV *bis*.

DESCARTES A HOGELANDE.

8 février 1640.

Imprimé dans les *Philosophical Collections* de Robert Hooke, 1679 :
N° 5, p. 144.

Nobiliffime & Amiciffime Domine,

Ideam Mathematicam[a], de quâ fcrib(eb)as, fimul cum libro Comenii[b] nuper remifi, quia cum illo fuerat

a. Petit écrit de quelques pages, que son auteur, John Pell, fera imprimer, en anglais, l'année 1650. Voir l'indication du texte, p. 5 ci-après, N° I. Descartes ignorait à cette date, semble-t-il, le nom du mathématicien anglais Pell. Voir, à ce sujet, t. III, p. 45, 46 et 51. Il le connaîtra plus tard, en 1645 et 1646, t. IV, p. 342-343 et 435-436.

b. Il s'agissait, non pas d'un livre imprimé de Comenius, mais de manuscrits, comme l'indique une note ci-après, p. 5-6, N° V. Or, à cette date de 1639-1640, Jean Amos Comenius (né en Moravie, 28 mars 1592, mort à Amsterdam, 15 nov. 1671), était surtout connu par le livre intitulé : *Janua Linguarum referata*, publié en 1631, traduit en douze langues européennes, et de plus en arabe, en turc, en persan et en mogol, (la traduction française est d'Étienne de Courcelles, en 1643). Mais il avait déjà en manuscrit son grand ouvrage : *Panfophia*, dont l'introduction venait miſſa ; & quamvis non ab ipſo Comenio factam judicarem, putabam tamen pro ipſo ibi proponi tanquam in ſpecimen eorum quæ ſpeciatim de Matheſi polliceretur. Ideoque non niſi obiter illam inſpexi, jamque tantùm memini nihil me in eâ reperiſſe à quo multùm diſſentirem, & valde probaſſe quod primo loco omnis ſupellex Mathematica ibi enumeretur, & poſtea ipſe Mathematicus tanquam αὐτάρχης & ſe ipſo contentus deſcribatur.

In eumdem enim fere ſenſum duo ſoleo in Matheſi diſtinguere : hiſtoriam ſcilicet & ſcientiam. Per Hiſtoriam intelligo illud omne quod jam inventum eſt, atque in libris continetur. Per Scientiam verò, peritiam quæſtiones omnes reſolvendi, atque adeo inveniendi propriâ induſtriâ illud omne quod ab humano ingenio in eâ ſcientiâ poteſt inveniri; quam qui habet,

d'être publiée à Londres, en 1639 : *Panſophiæ Prodromus*, c'est-à-dire « Avant-coureur de la Science universelle », et dont une esquisse paraîtra à Amsterdam chez Louis Elzevier, en 1645 : *Panſophiæ Diatypoſis*. Appelé en Angleterre pour la réformation des méthodes d'enseignement, Comenius se rendit à Londres au mois de sept. 1641 ; mais d'autres affaires occupaient alors le Parlement. Comenius partit donc pour la Suède, où il arriva au mois d'août 1642. Il y était appelé par Louis de Geer, qui devint son Mécène : ce qui lui permit de travailler, libre de tout souci, à Elbing pendant six années. Il voyagea encore en divers pays, jusqu'à ce qu'il vint se fixer en 1656 à Amsterdam, où la libéralité d'un nouveau Mécène, Laurent de Geer, fils du précédent, le mit à même de publier son ouvrage in-folio, en 1657. Il ne quitta plus Amsterdam jusqu'à sa mort, en 1671.

Samuel Sorbière, qui le vit à son passage en Hollande en 1642 (Comenius avait cinquante ans), le juge en ces termes : « Johannes Amos Come- » nius, *Januæ Linguarum* author, *Panſophiæ* futurus, oſtendit mihi » codicem ſuum manuſcriptum ad Panſophiam cudendam annotatorum. » Quæ farrago ! Quæ lituræ ! Quæ tranſpoſitiones ! Jehu, vevohu, inſcribi » meritò potuiſſent. Homo quinquagenarius, ex Angliâ in Pruſſiam ten- » dens. Neſcio autem an talis à quo expectari debeant circa Philoſophiam » ſaniora, cùm in *Prodromo* & in *Phyſicâ* multa dicat jejuna, fluddana, non fane multum aliena defiderat, atque adeo valde proprie αὐτάρκης appellatur. Et quamvis eorum quæ in libris continentur plane ignarus effe non debeat, fufficit tamen illi generalis quædam notitia, quam præcipuos authores percurrendo non poteft non acquirere, ut nempe locos faciat ex quibus jam inventa, fi quando ei ufui fint, petere poffit. Multa enim funt quæ longe melius in libris quàm in memoriâ affervantur, ut obfervationes Aftronomicæ, Tabulæ, Regulæ, Theoremata, & denique quicquid non fponte inhæret memoriæ poftquam femel eft cognitum : nam quo paucioribus illam implemus, eo aptius ingenium ad fcientiam augendam retinemus.

Valde autem optandum foret, ut illa hiftoria Mathematica, quæ in multis voluminibus fparfa, nondum

» chimærica. Quæ tamen opera extorta fibi fuiffe vi quâdam fatebatur, » improbabatque, nunc majora habens in animo & defæcatiora. In hunc » autem modum coràm me philofophabatur ; aut potius philofophari » videbatur ; nam cùm nefcire vellem an fatis viri mentem effem affe- » cutus, nefcio quas tenebras Comenius explicationis gratiâ effudit clarè » & apertè narratis nec ftolidè quidem excogitatis. Templum enim » Sophiæ ædificaturum fe dixit ; aperturum portas, atria, fanctuarium, » adyta ; pofiturum columnas, altare, candelabra ; addiditque Idæas, » fuffitus ; holocaufta, intelligentias, Cherubinos, chimærafque in vacuo » bombinantes, aliafque ridiculas metaphoras fincipite fano parvè » dignas. » (*Sorberiana,* Tolofæ, MDC XCI. Pag. 74-75.)

Sorbière, remarquons-le, juge ici le philofophe, non le pédagogue. Descartes aurait-il été aussi sévère pour Comenius? Non, sans doute, d'après quelques passages de la présente lettre. Fut-il, comme Sorbière, l'occasion de voir le novateur, lorsque celui-ci passa en Hollande, l'année 1642? On ne sait. Bayle, dans l'article *Comenius* de son *Dictionnaire,* analysant un ouvrage de Des-Marets, *Antirrheticus,* contre ce dernier, remarque ceci : « On n'oublia pas de lui dire (*à Comenius*) que, » pendant que fes deux Mecenes (*Louis et Laurent de Geer*) avoient » vécu, il n'avoit parlé de Des Cartes qu'honnètement, au lieu qu'après » leur mort, il publia une Invective contre ce grand Philofophe. »

integra & perfecta eft, in unum librum tota collige-
retur. Neque ad hoc ulli fumptus in perquirendis aut
coemendis libris effent faciendi. Cùm enim Authores
alii ex aliis multa exfcripferint, nihil ullibi extat,
quod non in quavis mediocriter inftructâ Bibliothecâ alicubi reperiatur; nec tam diligentiâ opus
effet ad omnia colligenda, quàm judicio ad fuperflua
rejicienda, & fcientiâ ad ea quæ nondum inventa
funt fupplenda : quod nullus, nifi ille vefter αὐτάρκης
Mathematicus, recte præftabit. Atqui fi talis Liber
extaret, facile ex eo unufquifque omnem hiftoriam
Mathematicam, atque etiam aliquam partem fcientiæ
addifceret ; at nemo vere αὐτάρκης Mathematicus
unquam evadet, nifi qui præterea ingenium ad id
valde aptum naturâ fortitus fit, illudque longâ exer-
citatione poliverit.

Atque hæc quidem de theoriâ Mathefews dicta
fint. Si quis autem omnia quæ ad ejus praxin perti-
nent, habere vellet, ut Inftrumenta, Machinas, Auto-
mata, &c., næ ille fi Rex effet, orbis terrarum impen-
fis omnibus ad hoc neceffariis fufficere nunquam
poffet. Neque vere etiam illis opus habet; fed fatis eft
fi omnium norit defcriptionem, adeo ut ea, cùm ufus
exiget, vel ipfe facere vel per artifices fieri curare
poffit. Vale.

Tuus ad omne obfequium
paratiffimus famulus

DES CARTES.

Febr. 8
1640.

Cette pièce, si intéressante, vient la cinquième dans le recueil de Robert Hooke, après quatre autres que voici :

I.

Idea Matheseos Joannis Pellii S. Th. D. perscripta ad S. H. (N° 5, p. 127.)

Les deux initiales S. H. désignent *Samuel Hartlib.*

II.

Mense Octobr. An. 1639.

Ad exploranda varia eruditorum judicia de Pelliană illă Mathematices non ita pridem edită Ideă, Dominus Theodorus Haak, *Regalis Societatis Socius, eam inter alios P.* Merfenno *transmiferat, qui Literis datis primo infequentis Novembris ita ad illud fubjeclum refpondit.* (N° 5, p. 135.)

La Société Royale de Londres ne fut fondée qu'en 1662. Theodore Haak ne pouvait donc en être membre l'année 1639 ; mais comme il le devint plus tard, Robert Hooke pouvait bien lui donner en 1679 ce titre.

III.

His Literis receptis, & ipfo Autori Ideæ legendum exhibilis, ipfe ftatim inde occafionem arripuit ad D. Merfennum *fcribendi, ejufque objecliones omnes eluendi, hac fubfequente Epiftolă.* (N° 5, p. 137.)

IV.

Ad has Literas D. M. Merfennus, *fequente 10 Decembris 1639, ita refpondit Domino Autori.* (N° 5, p. 143.)

V.

Tranfmifit at Leyden quoque idem D. Theodorus Haak *eandem Domini* Pellii *Ideam, unà cum fchedis quibufdam Comènianis ad*

Dominum Elichman, *M. D., cujus ope & procuratione Domini*
Hogheland *nactus eft fubfequens fingulare Domini* Cartefii *Judicium, ipfas nempe ad Dominum* Hogheland *Domini* Cartefii *refpon-
forias, fibi à Domino* Elichmanno, *menfe Febr. Ann. 1640, huc*
(Londini) *tranfmiffas.* (N° 5, p. 144.)

Elichman, docteur en médecine (M. D.), était mort le 10 août
1639. Mais Haak pouvait l'ignorer, et un ami commun Hogelande
se trouvait là pour recevoir ses lettres et les communiquer à Descartes, qui habitait Leyde cet hiver de 1639-1640.

II

CXC *bis*.

(Tome III, p. 65-69.)

Thèses du 10 juin 1640.

Henri de Roy (*Regius*), professeur à Utrecht, se faisait un devoir
jusqu'à sa rupture avec Descartes, de lui envoyer en manuscrit,
avant de les publier, ses propres écrits ainsi que les thèses de
ses disciples. Descartes les lisait avec soin, et ne manquait pas d'y
apporter les corrections et additions qu'il jugeait nécessaires. Le plus
important des opuscules auxquels il collabora de la sorte, est un
Appendice aux thèses du 23 et 24 déc. 1641, qui parut au com-
mencement de 1642 ; par malheur, nous n'avons pu, malgré nos
recherches, en retrouver aucun imprimé. (Voir t. III, p. 491-520.)
Mais il avait aussi reçu auparavant, au mois de mai 1640, d'autres
thèses, qui devaient être soutenues le 10 juin ; nous ne le savions
que par une lettre de lui du 24 mai, où il propose de remanier
certains passages. (Tome III, p. 65-69.) Or un exemplaire de ces
thèses, telles qu'elles ont été publiées, vient d'être retrouvé par
Cornelis de Waard, à qui nous sommes déjà tant redevables pour
cette édition. Elles remplissent sept pages d'impression, ou plutôt
douze avec la couverture (titre et dédicace) et la pièce de vers qui
accompagnait d'habitude ces sortes d'essais. Nous donnerons ici
ces thèses en entier, comme un curieux exemple de l'influence de
Descartes, dès 1640, sur l'enseignement à l'Université d'Utrecht.

Difputatio Medico-Phyfiologica
pro
Sanguinis Circulatione,
quam favente Deo Opt. Maximo,
fub præfidio
Clariffimi, Doctiffimi, Expertiffimique Viri,
D. HENRICI DE ROY, Medicinæ Doctoris, ejufdemque
facultatis ut & Botanices in almâ Ultraj. Acad.
Profefforis ordinarii:
Exercitii gratiâ
Publicè defendere conabitur
IOANNES HAYMANNUS, Zirizæâ-Zelandus:
Ad diem 10. Iunii horâ 9. Matutinâ.

L'opuscule est dédié par l'auteur à un oncle qui lui tint lieu de
père, Jacob Haymann, à un médecin de Middelbourg, Hermann
Clyngbyl, qu'il appelle son Mécène, à Meinardus Schotanus, professeur de théologie et prédicateur à Utrecht, à Henri de Roy, son
président de thèse, « Med. & Phil. Doct. præfidi fuo plurimùm
» honorando, necnon de ftudiis fuis quà publicè quà privatim plu-
» rimùm merenti », enfin à son ancien maître, D. Abraham Beeckman, « Juris Licentiato, ac Fliffingani Gymnafii moderatori
» indefeffo, præceptori quondam optimè de fe merito », (frère
d'Isaac Beeckman, comme nous avons vu, t. I, p. 105 et 167).

DISPUTATIO MEDICO-PHYSIOLOGICA

PRO

SANGUINIS CIRCULATIONE

Thefis I.

Quamvis perpetua fubftantiæ noftræ corporeæ diffipatio peren-
nem ex alimentis reftaurationem defiderat, ipfa tamen alimenta,
nifi juftâ præparatione alituræ fuerint aptata & in partes alendas
propulfa, continuam iftam diffipationem reparare nequeunt. Con-
fiftit autem illa præparatio (quæ vulgò Coctio dicitur), non in gene-
ratione aut corruptione alicujus formæ fubftantialis, fed tantùm
in adaptatione particularum infenfibilium, ex quibus

alimenta conftant, ut ea conformationem humano corpori idoneam acquirant[a].

II.

Ea duplex eft : alia communis, quæ fit in omnibus viis, per quas hæ particulæ tranfeunt; alia eft propria, eaque præcipua, quæ rurfum triplex : prima, quæ fit in ventriculo & inteftinis; fecunda, quæ in hepate; tertia, quæ in corde. In ventriculo & inteftinis fit, cùm cibus ore mafticatus & deglutitus, uti & potus, vi caloris à corde communicati & humoris ab arteriis eò impulfi, diffolvitur & in chylum convertitur. In hepate, cùm chylus in illud non per aliquam vim attractricem, fed folâ fuâ fluiditate & preffione vicinarum partium delatus, fanguinique reliquo mixtus, ibi fermentatur, & (ut chymicorum more loquar) digeritur, atque in chymum abit. In corde, cùm chymus, fanguini à reliquo corpore ad cor redeunti permixtus, & fimul cum eo in hepate præparatus, in verum & perfectum fanguinem, per ebullitionem pulfificam, permutatur[b].

III.

Atque hæc tertia peculiaris præparatio, quæ eft vera fanguificatio, duplex eft : prior & pofterior. Prior fanguificatio fit in dextro

a. Voir t. III, p. 66, l. 31, à p. 67, l. 3. Au lieu de *adaptatione,* Descartes proposait *præparatione.* — Rien ne distingue, dans le texte imprimé, ces trois lignes de tout ce qui précède ou qui suit. Nous les imprimons ici en gros caractères, parce que c'est une addition ou correction proposée par Descartes.

b. *Ibid.,* p. 67, l. 3-18. La parenthèse : *ut chymicorum more loquar,* pour expliquer le mot *digeritur,* est aussi de Descartes, p. 68, l. 5-6.

cordis ventriculo, ex sanguine è venâ cavâ in illum incidente. Poste-
rior fit in siniftro cordis thalamo, è sanguine qui ex dextro ventriculo per venam arteriosam in arteriam venosam antea propulsus,
in siniftrum cordis ventriculum inftillatur. Utriusque hæc eft histo-
ria. Vena cava, dextero cordis lateri adhærens, tres habet valvulas
foris intrò spectantes; siniftro verò cordis lateri inferitur arteria
venosa, duabus valvulis foris apertis inftructa; cumque hæc vasa
valde sint lata, & magnâ sanguinis copiâ perpetuò abundent, hinc
necessariò, ubi cordis ventriculi sanguine non sunt diftenti, duæ
satis magnæ guttæ, una è venâ cavâ in dextrum sinum, atque altera
ex arteriâ venosâ in siniftrum ventriculum incidunt : quæ, propter
suam ad dilatandum aptitudinem, cordisque calorem, & reliquias
sanguinis ibi ardentes, mox accenduntur, & dilatantur; quo val-
vulæ, per quas guttæ sunt ingressæ, clauduntur, & cor diftenditur.
Sed quoniam ob anguftiam sinuum sanguis magis magisque rares-
cens illic hærere non poteft, idcircò, eodem penè momento, in
dextro ventriculo tres valvulas venæ arteriosæ, intus foras spectantes,
aperit, & porro à calore agitatus per venam arteriosam erumpit,
eamque cum omnibus suis ramis diftendendo, sanguinemque con-
tentum propellendo, pulsare facit. In siniftro verò sinu, tres valvulas arteriæ magnæ, intus foras spectantes, pandit, per easque in
arteriam magnam erumpit, eamdemque dilatat, & proximum san-
guinem, prioribus pulsibus calefactum & expulsum, in reliquas
totius corporis arterias propellit, easque eo diftendit & vibrat.
Quoniam autem, expulso è cordis ventriculis sanguine, cor ex parte
evacuatur, ipseque sanguis in arteriis refrigeratur, hinc poftea cor
& arteriæ detumescunt & subsidunt : quo contingit, ut denuò duabus aliis guttis detur in cor ingressus; quibus rursus dilatatis &
propulsis, nova fit cordis & arteriarum dilatatio & subsidentia.
Cumque hic sanguinis motus sit perpetuus, hinc sequitur illos
alternatos cordis pulsus, quamdiu animal vivit, etiam esse perennes.
Quoniam autem sanguini, è venâ cavâ & arteriâ venosâ cordis ventriculos ingressuro, transeundum eft per auriculas quæ cordi ad
fines dictorum vasorum sunt adnexæ, idcirco cordis & auricularum
contrarius eft motus : dum enim cor impletur, hæ deplentur;
dumque illud depletur, hæ replentur [a].

a. C'est exactement le mécanisme de la circulation du sang dans le
cœur, tel que Descartes l'avait expliqué : *Discours de la Méthode*, t. VI,
p. 49-50, et presque dans les mêmes termes.

IV.

Admirandus igitur ille cordis arteriarumque motus à quatuor perficitur caufis : primo, à fanguinis cor ingredientis ad dilatationem aptitudine; fecundo, à cordis calore; tertio, à parte fanguinis quæ, poft fingulos pulfus ardens, aut tanquam fermentum, in corde remanet; quarto, à cordis vaforumque ipfius conformatione : non autem à peculiari facultate pulfificà cordi infità & arteriarum tunicis ab ipfo communicatà. Ad hanc fententiam accedit Aristoteles *lib. de Refpir. Cap. 20* his verbis : *Pulfatio cordis ebullitioni fimilis eft; ebullitio enim fit cùm humor inflatur à calido, propterea quod amplior tunc ejus fiat moles. In corde autem, humoris perpetuò ab alimentis accedentis & extimam cordis tunicam attollentis per calorem dilatatio facit pulfum; & hoc fit femper & continue : affluit enim femper humor, ex quo fit fanguinis natura. Refilitio igitur five fubfidentia eft repulfio à condenfatione vi frigoris factá. Pulfatio autem eft humidi calefacli inflatio* [a].

V.

Utrique cordis fanguificationi comes eft *pulfus,* miniftra verò fanguinis circulatio. Pulfus eil motus, quo cor & arteriæ ab ebulliente & protrufo per vices fanguine, alternatim dilatantur & contrahuntur. Ejus partes duæ funt : *Diaftole* & *Siftole.* Diaftole eft pars pulfûs, quâ cor à fanguine ex venâ cavâ in dextrum ventriculum & ex arteriâ venofâ in finiftrum incidente, ibidemque rarefcente & ebulliente; arteriæ verò à rarefacto in corde fanguine atque in illas erumpente, reliquumque arteriarum fanguinem propellente, & illum ac tunicas earum concutiente, eodem momento dilatantur. Syftole eft pars pulfûs, quâ cor, propter expulfam ebullientis fanguinis partem, detumefcit; & fimul arteriæ, ob refrigerationem fanguinis impulfi, fubfidunt. Itaque fanguinis è corde in arterias protrufio fit in utrorumque Diaftole, quæ eodem tempore in utrifque contingit, non in cordis Syftole : quod evidentiffimè probatur vulneribus quæ cordi & arteriis infliguntur, in quibus,

---

a. Ce texte d'Aristote avait été rappelé par Plempius dès la fin de 1637 (t. I, p. 497, l. 5-15), et Descartes s'en souviendra plus tard, dans sa *Description du corps humain,* en 1648 (t. XI, p. 245, l. 1-6).

in utrorumque Diaftole, ad oculum videre eft, fimul cor & arterias
intumefcere, vulnera & ventriculos dilatari, fanguinemque fubful-
tim effluere.

VI.

Sanguinis circulatio eft motus quo fanguis è corde per arterias
perpetuò expellitur in venas, quæ arteriis funt continuæ, & è venis
porro repellitur in ipfum cor. Cùm enim cor ab unâ parte habeat
arteriam magnam, ab alterâ venam cavam, quarum rami in capil-
laria vafa attenuati fine ullà interruptione inter fe continuantur :
fanguinis itaque aliquantâ parte vi fervoris è cordis thalamis in
arterias propulfâ, neceffariò tantundem in venas & confequenter
rurfus ad cordis ventriculos propellitur. Nullà itaque opus eft
cordi facultate attractrice : præfertim cùm nulla attractio in rerum
naturâ detur, nifi cùm attrahens rei attrahendæ eft affixum.

VII.

Hæc ita dicta eft, quod tota fanguinis moles hoc itu & reditu circulum quendam fpatio viginti quatuor horarum compluries faciat,
qui fanguificationi quammaximè eft neceffarius. Sanguis enim non
uno per cor tranfitu, fed quamplurimis coquitur reciprocationibus,
in quibus modo hæ, modo illæ fanguinis particulæ corpori alendo
evadunt aptæ. Et nifi fanguis circulum illum percurreret, quoniam
identidem major fanguinis quantitas in cor infunditur, quàm ab
alimentis fuppeditatur, copiofiorque fanguis in venam arteriofam &
arteriam magnam è corde expellitur, quàm ad partes alendas eft
neceffarius, aut in alituram, ob plerarumque fanguinis arteriofi partium craffitiem, abire poffit : hinc omnibus venis exhauftis, arte-
riifque à nimiâ fanguinis copià vel difruptis vel adeo repletis, ut
venienti fanguini locus dari nequiret, neceffariò cordis fanguificatio
fifteretur, homoque mox interiret.

Hanc fanguinis circulationem quoque confirmat ocularis fanguinis in manu vel brachio &c. afcendentis infpectio.

Atque etiam quotidiana Chirurgorum experientia, qui vinculo in
partem aliquam injecto, eoque moderatè aftricto, animadvertunt,
non citra, fed ultra vinculum, venas intumefcere ; atque, illis ibi-
dem incifis, fanguinem maximo cum impetu effluere [a].

a. Voir t. VI, p. 51, l. 1-21.

Idem probant Anatomici, qui ligatâ arteriâ magnâ prope cor, eâque intra ligamentum & cordis parenchyma amputatâ, totum ferè animalis fanguinem per cor breviffimo temporis fpatio exhauriunt[a].

Eadem eft manifefta ex modo quo cor extremos corporis artus calore fuo perfundit, qui frigore neceffariò enecarentur, etiamfi cor inftar ferri candentis effet ignitum, nifi circulatione hac incalefcerent[b].

Uti etiam ex valvulis, quæ in venis inveniuntur : hæ enim impediunt, quo minus fanguis in pedes defcendere vel in caput afcendere queat[c].

Hanc veriffimam Viri Nobiliffimi & Incomparabilis D. Renati des Cartes fententiam nuper litteris familiaribus labefactare conatus eft Plempius *in Lovanienfi Academiâ Medicinæ Profeffor*. Quamvis autem folidiffimè ad argumenta, quæ propofuit, ipfi fit refponfum, & plus quàm fatisfactum : placuit tamen ipfi rem privatim actam, infcio Renato, publicam facere Doctorumque circulo arbitrandam fubjicere. Ut itaque Difputationis hujus Moderator etiam fuum hîc interponat arbitrium, videtur non tantùm per compendium (uti ipfe ait), fed cum veritatis difpendio, nec fatis bonâ fide, res ab ipfo, in libro quem *Medicinæ Fundamenta* appellat, fuiffe enarrata : Refponfiones enim ad objectiones & inftantias, partim mutilavit & pervertit, partim artificio quodam præteriit; quod jam diu iis conftat, in quorum manibus litteræ iftæ, biennio ante editum Plempii librum à compluribus defcriptæ, verfantur, & porrò cuivis (ut equidem exiftimo) fiet manifeftum, ubi in publico hoc examine argumenta ejus ventilabuntur[d].

VIII.

Pofteriori fanguificationi, quam in finiftro cordis ventriculo perfici antea diximus, infervit *Refpiratio*. Quæ eft thoracis alterna dila-

---

a. Voir t. VI, p. 51, l. 17, à p. 52, l. 2.

b. *Ibid.*, p. 52, l. 29, à p. 53, l. 7.

c. *Ibid.*, p. 51, l. 21-27.

d. Voir comment, pour tout cet alinéa, Regius et son disciple Haymann ont tenu compte de l'observation de Descartes, t. III, p. 68, l. 15-20. Les lettres échangées entre Plempius et le philosophe se trouvent aux t. I et II de cette édition, de sept. 1637 à mars 1638. Le livre de Plempius, *Fundamenta Medicinæ,* parut en 1638 (t. I, p. 521 et 534-536).

tatio & contractio, quà aër modò in pulmones impellitur ad sangui-
nem qui in vasis pulmonum exiftit, refrigerandum, modò ex iifdem
rursùm cum vaporibus & fuliginibus expellitur. Nifi enim fanguis,
per venam arteriofam è dextro cordis finu egreffus, ab aëre infpi-
rato refrigeretur, & antequam finiftrum cordis thalamum ingre-
diatur, rurfus è vapore in verum fanguinem condenfetur, non
poterit ignem, qui in finiftro ventriculo ardet, novo fomite confer-
vare & nutrire : quemadmodum oleum in vaporem attenuatum
elychnii flammam alere nequit[a].

Hic verus ejus ufus primùm ex eo patet, quod animalia, quibus
tantùm unus eft cordis finus, etiam pulmonibus careant[b]; &
**deinde quod fœtus in utero exiftens, ubi ifto refpira-
tionis ufu privatur, duos meatus habeat, qui fpontè
clauduntur in lucem editis : unum (qui canaliculi
inftar eft), per quem pars fanguinis in dextro cordis
finu rarefacti in aortam tranfmittitur, parte alterâ in
pulmones abeunte; & alium, per quem pars fanguinis, in finiftro cordis finu rarefaciendi, è venâ cavâ
defluit, & parti alteri ex pulmonibus venienti mifcetur[c].**

IX.

Refpirationis partes duæ funt : *Infpiratio* & *Exfpiratio*. Infpiratio eft pars refpirationis, quâ thorax vi mufculorum infpirato-
riorum dilatatus, aërem per os & nares in pulmones impellit, &
fanguinem in pulmonibus exiftentem refrigerat. Exfpiratio eft pars
refpirationis, quâ thorax vi mufculorum exfpiratoriorum contractus,
aërem calidiorem & fuliginofos vapores per os & nares expellit.
Aër itaque in infpiratione pectus ingreditur, non propter fugam

a. Tome VI, p. 53, l. 8-15.

b. *Ibid.*, l. 15-17.

c. Ceci est le propre texte que Descartes proposait dans sa lettre du
24 mai 1640, t. III, p. 68, l. 21-28. Quelques mots à peine sont changés :
deinde (pro *fecundò*, l. 1), *in lucem editis* (pro *adultis*, l. 3), *mifcetur*
(pro *permifcetur*, l. 8-9). La même raison se trouvait indiquée déjà dans
le *Discours de la Méthode*, t. VI, p. 53, l. 17-23. On retrouve encore les
mêmes idées, quelque peu modifiées, dans la *Description du Corps humain*,
t. XI, p. 237-238.

vacui attractus, cùm attractio ob illius fugam nulla detur nec dari
poffit, fed quia thoracis dilatatione vicinus aër, cujus particulæ tam
craffæ funt, ut poros pectoris penetrare non poffint, de loco deturbatur; qui porrò alium loco movet; & cùm omnia corporibus plena
fint, nec vel minimum fit vacuum in totâ rerum univerfitate, neceffariò 'aër, à pectore & alio aëre fic pulfus, in thoracem dilatatum
per afperam arteriam adigitur, ubi fpatium eodem tempore fit, ad
aërem qui loco deturbatur recipiendum : eodem modo, ut, in
follis ventilatione, aëris impulfum quotidiè fieri videmus [a].

X.

Refpiratio alia *voluntaria* eft, alia *naturalis*. Voluntaria eft, quâ
anima, nobis volentibus & cogitantibus, principia nervorum, inf-
piratoriis mufculis infertorum, alternatim aperit; quo fpiritus animales in mufculos influentes eos fecundùm latitudinem diftendunt,
pectufque viciffim dilatant & contrahunt. Refpiratio naturalis eft
illa, quæ fit, nobis animum non advertentibus (ut e. g. in fommo),
à certâ conformatione meatuum qui funt in partibus cerebri, à
quibus thoracis nervi oriuntur; quâ, nobis non cogitantibus, fpiritus animales copiofius influunt, modò in mufculos infpiratorios,
modò in exfpiratorios. Nec mira fit illa reciprocatio fpiritus per
vices ab uno movente contingens, cùm mille modis videamus alter-
nas reciprocationes fieri poffe in automatis, ab unâ aliquâ vi perpetuò & eodem modo operante. Quemadmodum fpiritus à corde in
cerebri ventriculos continuò & ferè eodem modo influunt: fic in
horologio particula illa, quæ vulgò *inquies*[b] dicitur, ob folam partium ipfius Machinæ conformationem, reciprocam patitur agita-
tionem, etfi fpira ferrea, vel appenfum pondus, femper eodem
tenore rotulas moveat.

XI.

Atque hæc jam tradita doctrina dogmaticam Medicinam non (ut
quidam perperam credunt) evertit; fed plurimùm firmat atque
illuftrat, necnon innumera Naturæ arcana detegit.

FINIS.

a. Voir cette même comparaison du soufflet, pour expliquer le jeu du
poumon, t. XI, p. 140, l. 3-5.

b. On dit encore, avec ce sens particulier, le « mouvement » d'une horloge ou d'une pendule.

III

CCCXVII *bis*.

Descartes a Colvius.

Egmond du Hoef, 5 septembre 1643.

Autographe de la collection particulière du baron de Vos van Steenwijk, à
Windesheim près de Zwolle, signalé et communiqué par le Dr P.-C. Molhuysen, conservateur des MSS. de la Bibliothèque de l'Université de Leyde.

Monſieur,

Vous verrez icy vn inſigne effeƈt de ma negligenſe,
en ce que, depuis trois ſemaines que i'ay receu celle
que vous m'auez fait la faueur de m'eſcrire, ie n'ay
ſceu obtenir de moy le loyſir de relire les papiers que
i'auois promis à Monſieur Beuerovicius[a]. Enfin vous
les trouuerez auec cete letre, & m'obligerez, s'il vous
plaiſt, de les luy donner, & l'aſſurer de mon tres
humble ſeruice. I'ay effacé le nom du medecin de
Louuain ; car ayant eſté deſobligé par luy, i'euſſe deu
luy donner quelque trait de plume en paſſant, &
i'ayme mieux le meſpriſer. I'ay adiouſté quelques
mots à la marge en vn endroit[b], leſquels doiuent
eſtre diſtinguez du reſte, affin qu'on ne puiſſe dire que
i'aye changé aucun mot en ma reſponſe, ainſi qu'a fait

a. Voir l'éclaircissement qui suit cette lettre : notices sur Colvius et
sur Beverovicius, p. 17-18.

b. Tome I, p. 527-528, variantes : *Nota, ut hoc experimentum... in
ſyſtole ſentitur*. On n'a pas tenu compte de la recommandation de Descartes : l'imprimé de 1644 a inséré cette addition, sans que rien ne la
distingue du texte qui précède et qui suit.

le medecin de Louuain, qui l'a fait imprimer entiere-
ment falfifiée.

Il y a long temps que i'ay parcouru Kirkerus[a];
mais ie n'y ay rien trouué de folide. Il n'a que des
forfanteries[b] à l'italiene, quoy qu'il foit Allemand
de nation.

I'auois auffi defia vu la lampe de Vendelinus[c];
mais elle ne m'a point efclairé.

Ie fuis,

Monfieur,

Voftre tres humble

& tres fidelle feruiteur,

DES CARTES.

Du Hoeff, le 5 Sept. 1643.

Adresse :

A Monfieur,

Monfieur Colvius, &c.

a. Il s'agit du livre : *Magnes five de Arte Magnetica,* du P. Kircher,
jésuite. Voir une lettre de Descartes à Huygens, du 31 janvier 1642
(t. III, p. 520). Voir aussi les notes prises par Descartes sur ce livre
(t. XI, p. 635-639).

b. « Forfanteries » : c'est le même mot, dont Descartes se sert à
l'adresse de Kircher, dans une autre lettre, t. V, p. 548, l. 6. (Clerselier
avait imprimé à tort : *farfanteries.*) Il ajoute ici : « à l'italiene ». Voir
ce qu'il dit ailleurs, à deux reprises, des Italiens (t. II, p. 493-494 et
p. 533-534). Kircher (Athanase) était né à Fulda (exactement à Ghysen,
près de Fulda), le 2 mai 1601, comme l'indique le titre de son livre :
Athanafi Kircheri FULDENSIS *Buchonii…* (t. III, p. 524); mais il demeura
longtemps à Rome, où il mourut, le 27 nov. 1680. Colvius, d'autre part,
avait aussi séjourné, comme pasteur protestant, à Venise, de 1620 à 1627.
Descartes et lui s'étaient sans doute entretenus plus d'une fois de leurs
voyages en Italie. et s'entendaient à demi-mot.

c. Voir, sur cet ouvrage de Wendelin, l'éclaircissement, p. 18-19.

Colvius (Andreas Kolff) naquit à Dordrecht, en 1594, et il y mourut, le 1er juillet 1676. « Ministre de la parole de Dieu » à Venise de 1620 à 1627, puis dans sa ville natale, de 1629 à 1666, il était grand amateur de curiosités scientifiques, et s'intéressait même aux principes de la science (t. VIII, 2e partie, p. 197-198, et t. X, p. 348). A ce titre, il devint l'ami d'Isaac Beeckman, principal du collège de Dordrecht à partir de 1627, et celui-ci le mit en relations avec Descartes. Ce fut même Colvius qui fit part au philosophe de la mort de Beeckman ; et nous avons la lettre de condoléances que Descartes lui écrivit en réponse, le 14 juin 1637 (t. I, p. 379). Plus tard Colvius fut informé par le philosophe de l'achèvement des *Méditations;* une copie du manuscrit devait même lui être envoyée : lettre du 14 novembre 1640 (t. III, p. 247, et t. X, p. 578). Plus tard encore, Colvius reçut un exemplaire du livret, *Epiftola ad Voetium*, comme si Descartes voulait le faire juge de sa querelle avec le ministre d'Utrecht. Colvius essaya de s'interposer entre les deux adversaires, et leur prêcha en vain la paix : lettre du 9 juin 1643 (t. III, p. 680). La princesse Élisabeth le loua au moins de cette intervention charitable : lettre du 21 juin (t. VIII, 2e partie, p. 197). Descartes répondit à Colvius le 5 juillet (t. IV, p. 6). Celui-ci sans doute, en récrivant, lui rappela le désir de Beverovicius d'avoir le texte des deux lettres à Plempius, pour les imprimer dans ses *Quæftiones Epiftolicæ:* de là cette réponse, que nous donnons ci-dessus. Plus tard enfin, après la mort du philosophe, Colvius rappellera fidèlement sa mémoire, comme on le voit dans des lettres échangées entre Élisabeth et lui, le 25 nov. 1656 et le 12 janv. 1657 (t. XII, p. 485-486, *note*).

Johannes Beverovicius (Jan van Beverwick), médecin de Dordrecht, naquit en cette ville, le 17 nov. 1594, et y mourut, le 19 janvier 1647. Auteur de nombreux ouvrages de médecine, il préparait en 1643 un recueil intitulé *Quæftiones Epiftolicæ*, et demanda à Descartes son avis sur une question d'actualité, la circulation du sang et le mouvement du cœur : lettre du 10 juin 1643 (t. III, p. 682). Descartes envoya quelques explications; mais il ajouta qu'il avait déjà répondu sur cette même question dans deux lettres à un professeur en médecine de l'Université de Louvain, Plempius, qui d'ailleurs les avait publiées, en les détournant de leur sens et en les mutilant : lettres du 15 février et du 23 mars 1638 (t. I, p. 521, et t. II, p. 62). Descartes offrit d'envoyer le texte exact et complet de ces deux lettres pour le nouveau recueil : lettre

du 5 juillet 1643 (t. IV, p. 3). Beverovicius accepta; il en fit aviser
notre philosophe par un ami commun, Colvius, dont la lettre
(aujourd'hui perdue) parvint à Egmond du Hoef vers le 15 août.
Descartes y répondit trois semaines après par la présente, du 5 septembre 1643 ; il envoyait en même temps le texte demandé.

L'année suivante, se rendant en France, il passa par Dordrecht,
et ne manqua pas d'y rendre visite à Beverovicius, en juin 1644, dit
Baillet (t. IV, p. 124). Préoccupé des moyens de prolonger la vie
humaine, notre philosophe devait s'intéresser au moins à l'un des
ouvrages de ce savant : *De termino vitæ fatali an mobili* (quatre
éditions, en 1634, 1636, 1639 et 1654) ; et peut-être encore à un
autre, *De calculo renum et veſicæ,* en 1638 (question traitée jadis
par un médecin de sa famille, t. XII, p. 8) ; et qui sait ? peut-être
à un livre du même auteur, *De excellentiâ mulierum,* en réponse à
la thèse paradoxale d'un écolier, *Mulieres non eſſe homines.* D'autre
part, Saumaise envoyait en France, à Peiresc, les publications du
médecin de Dordrecht. Guy Patin correspondait avec lui de Paris,
tout heureux que sa thèse ait eu l'honneur de figurer dans les
Quæſtiones epiſtolicæ; plus tard, sur la fin de 1649, Sorbière lui
rappellera les œuvres de Beverovicius défunt.

A titre de curiosité, signalons quelques pages d'un autre
ouvrage de Beverovicius, publié l'année suivante : JOH. BEVERO-
VICIJ *Medicinæ Encomium* (Rotterdami, Sumptibus Arnoldi Leers,
CIↃ IↃC XLIV). L'auteur, p. 65-80, répond aux critiques que
Montaigne avait adressées aux médecins, et nous révèle ainsi la
vogue qu'avaient toujours les *Essais* même en Hollande.

Pages 65-66 : « Michael Montanus, celebris apud Gallos nominis,
» & magnæ, dum viveret, dignitatis... » (Page 65.)

« Et opellæ huius pretium mihi faċturus videor, quod liber eius
» in omnium manibus verſetur, ſi provideam ne Gallico hoc tumultu
» Reſp. Medica quid detrimenti capiat. Quare præcipua argumenta,
» quibus in Miſcellaneis ſuis (Gallice *Les Eſſais* inſcripſit, *Guſtus*
» vertere conatur Lipſius, *Conatuum* nomine laudant Thuanus &
» Sammarthanus) Medicinæ uſum ac neceſſitatem impugnat, veluti
» ad incudem revocabo, & quàm invalido tibicine nitantur oſten-
» dam. » (Page 66.)

Quant aux deux dernières lignes de la lettre, p. 16, l. 7-8,
Descartes joue ici sur le titre d'un ouvrage récent : GODEFRIDI
WENDELINI LUMINARCANI *Arcanorum cœleſtium Lampas* (Bruxellæ,
Joan. Momertij, 1643, in-12). L'auteur lui donnait l'exemple de

jouer ainsi sur les mots : « Se LUMINARCANUM vocavit, quod natus « esset in territorio *Lummensi,* in paræcia *Hercana* » (explique Ghesquière, *Acta Sanctorum Belgii,* 1783, t. I, p. 299). Cet ouvrage de Wendelin parut sur la fin de mai ; et Descartes n'attendit pas, chose curieuse, pour en prendre connaissance, qu'il lui fût signalé par Colvius. Mention en est faite aussi dans la correspondance de Wendelin et de Gassend (*Opera omnia* de celui-ci, édit. 1658, t. VI, p. 166 et p. 455). En octobre de la même année 1643, Wendelin annonçait encore à Gassend un autre ouvrage : *Arcanorum terrestrium Lampas,* mais qui ne fut point publié (*ibid.,* p. 460).

Godefroi Wendelin était né à Herck, dans le Limbourg belge, le 6 juin 1580. Il vint à Rome en 1600, puis à Digne en Provence, où il enseigna comme professeur au collège, de 1601 à 1604, puis à Forcalquier, comme précepteur dans une famille. Ce fut ainsi qu'il connut Gassend et Peiresc. Il se fit recevoir docteur *in utroque jure,* à l'Université d'Orange, le 23 mars 1611. En 1612, il devint curé de sa ville natale, puis official et chanoine de Tournay, en 1648 et 1650 ; à partir de 1659, on le trouve à Gand, où il mourut en 1667. Savant astronome, il publia, en 1626, à Anvers un in-4 : *Loxia, feu de obliquitate Solis diatriba,* dédié à Monsignor Bagni, nonce en Flandre, et bientôt nonce à Paris. (Voir notre t. I, p. 290.) Huygens, quoique huguenot, traitait en ami ce curé catholique. Pendant le siège de Maestricht (du 10 juin au 23 août 1632), il lui envoya un badinage en vers comme sauf-conduit pour venir le voir à l'armée assiégeante (Herck n'était qu'à une petite distance) :

In adventum Godefr. Wendelini
Summi Mathematici in Caftra Trajectina.

Qui Wendelino miles occurris meo,
Occurre mitis ; arma, vim, noxam, dolos
Averte, fi Batavus es, fi noster es ;
Averte charo vertice & chariffimo
Nuper Batavis. Non Iberi (fpondeo)
Candor ruboris ifte contraxit luem.
Innoxium, paci, Deo, Mufis facrum,
Putcani amicum & HugenI, Belgam vides.
Per facra Mufarum, Dei, pacis rogo,
Parce innocenti, parce. Quid multis moror?
Ab Archimede tempera fævas manus,
Qui Wendelino miles occurris meo.

(HUGENII *Momenta Defultoria,* p. 79, édit. 1644.)

IV

DXVIII *bis*.

DESCARTES A DEBEAUNE.

Paris, 5 juin 1648.

Autographe de la collection du baron de Vos van Steenwijk, à Windesheim, près de Zwolle, signalé et communiqué par le Dr P.-C. Molhuysen, conservateur des MSS. de la Bibliothèque de l'Université de Leyde.

Monſieur,

Eſtant arriué en cete ville auec intention d'y faire quelque ſeiour, l'vne des premieres choſes dont ie me ſuis enquis, a eſté ſi vous y eſtiez, pource que vous m'auiez fait eſperer d'y venir, lorſque i'eu l'honneur de vous voir l'année paſſée ; & ne vous y trouuant pas, ie trace ces lignes pour vous offrir mon tres humble ſeruice, & vous adreſſer l'encloſe que i'ay receuë d'vn ieune mathematicien qui vous a vu autrefois chez vous & eſt maintenant profeſſeur à Leyde. Il y a ioint vn liure que ie n'envoye pas, pource que ie croy qu'il ne contient rien que vous ayez impatience de voir, & que vous aymerez mieux que ie le garde iuſques à ce que vous ſoyez icy, où l'on m'a fait eſperer que vous viendrez ; & vous y eſtes particulierement attendu,

Monſieur,
par voſtre tres humble
& tres zelé ſeruiteur,

DES CARTES.

De Paris, le 5 Iuin 1648.

Adresse :

A Monſieur
Monſieur de Beaune,
Conſeiller du Roy au ſiege
preſidial à Blois.

Nous savions, par Baillet, que Descartes, lors de son premier voyage en France, l'année 1644, s'était arrêté à Blois, en passant, pour s'entretenir avec Florimond Debeaune[a]. Cette lettre nous apprend (ce que nous ne savions pas), qu'il vit encore Debeaune à Blois, lors de son second voyage, en 1647. Et même les deux amis convinrent de se retrouver ensemble l'année suivante à Paris. Ce souhait fut-il réalisé, de juin jusqu'à la fin d'août 1648? Nous l'ignorons. A la date du 5 juin, Descartes ne paraît pas disposé à faire, comme aux voyages précédents, un tour en province pour revoir sa famille. Cependant, à la fin d'août, il était attendu de quelques amis à Azay-le-Rideau[b], non loin de Blois; mais il repartit pour la Hollande sans y être allé.

Le jeune professeur de Leyde dont il envoie une lettre à Debeaune, est Frans Schooten, qui avait remplacé à l'âge de vingt-six ans, pour l'enseignement des mathématiques à l'Université, son père, mort le 11 décembre 1645. Le jeune Schooten avait fait un séjour en France l'année 1641. Dans une lettre de septembre 1641, Descartes rappelle qu'il l'avait recommandé à Mersenne; dans une autre lettre, du 17 novembre 1641, il conseille au même Mersenne d'utiliser Schooten, dessinateur habile, pour tirer le plan des jardins du Luxembourg. Schooten recherchait à Paris l'entretien des mathématiciens, entre autres Mylon; et dès son retour en Hollande, il ne manqua pas de se rendre à Endegeest (donc l'année 1642) et de raconter à Descartes ce qu'on disait en France des inventions de Fermat; c'est devant Schooten que Descartes traita celui-ci de Gascon[c]. La présente lettre nous apprend, en outre, que Schooten connut personnellement Debeaune « chez lui », c'est-à-dire à Blois. Le livre qu'il chargea, en 1648, notre philosophe de

a. Voir t. IV, p. 129.

b. Lettre d'Auzout, 21 août 1648 (t. V, p. 229).

c. Pour tous ces détails, voir t. IV, p. 339-340 (nomination du professeur); t. III, p. 437, l. 18-19 (recommandation à Mersenne); p. 450, l. 4-15 (le Luxembourg); t. IV, p. 232 (Mylon); t. III, p. 333 (Fermat).

lui remettre, était sans doute le suivant : *De organicâ conicarum
ſectionum in plano deſcriptione, Tractatus, Geometris, Opticis, præ-
ſertim verò Gnomonicis & Mechanicis utilis. Cui ſubnexa eſt Appen-
dix, de cubicarum æquationum reſolutione.* (Lugd. Batav., ex officinâ
Elzeviriorum, 1646, in-4.)

Il est intéressant de savoir que Debeaune et Schooten se connais-
saient et qu'ils correspondaient ensemble, lorsque celui-ci était à la
veille de publier une traduction latine de la *Géométrie* de Descartes,
avec des notes de ces deux mathématiciens, en 1649[a]. Schooten
publia aussi, après la mort du philosophe, un livret intitulé :
*Principia Matheſeos Vniuerſalis, ſeu Introductio ad Geometriæ
methodum Renati des Cartes* (Elsevier, 1651), réimprimé dans la
seconde édition de la *Géométrie* en latin, l'année 1659. Quant à
Debeaune, il mourut sur la fin de 1652[b].

V

DLIII.

Tome V, p. 339-340.

DESCARTES A SCHOOTEN.

Egmond, 9 avril 1649.

La dernière partie de cette lettre de Descartes est imprimée diffé-
remment dans une réponse de Christian Huygens à l'ouvrage
d'Ainscom, cité t. V, p. 321. Cette réponse est datée de La Haye, le
2 octobre 1656. Elle fut publiée beaucoup plus tard, CHRISTIANI
HUGENII CONST. F. *ad C. V. Fran. Xaverium Ainſcom S. I. Epiſtola*,
(dans les *Opera Varia* de Huygens, Lugd. Bat., apud Janſſonios
Vander Aa, 1724, t. I, p. 341-350).

a. Lettres du 10 mars et du 9 avril 1649 (t. V, p. 318 et p. 336).

b. Voir LIPSTORPII *Specimina Philoſ. Carteſ.* (Elsevier, 1653.) Dans la
dédicace, datée de Leyde, *1ᵉʳ avril 1653*, l'auteur parle de la traduction
latine de la *Géométrie* de Descartes en 1649, et des notes ajoutées par
Schooten et Debeaune : « ...tum ab Ampliſſimo... Florimondo de
» Beaune, Conſiliario quondam Blæſenſi, *intra ſemeſtre fatis functo.* »
(Page 11.)

« ...Ecce verò... eadem plane quæ nobis, circa has propofi-
» tiones & fignificationem verbi *continere,* opinio fuit Incomparabili
» Cartefio ; quem fi minùs infignem Geometram quàm *Algebriftam*
» fuiffe arbitraris, parùm ex vero judicas. Ejus ad amicum epiftolæ
» copia mihi facta eft, cùm jam diu *Exetafis* noftra prodiiffet ; quà
» quoniam non tantùm id quod dixi comprobatur, fed & tota
» infuper ad opus Geometricum P. à S^to Vincentio pertinet, inte-
» gram hîc adfcribere vifum eft. Gallicè fic habet. »

Monfieur,

J'ay gardé vos livres un peu long temps, pour ce
que je defirois, en vous les renvoyant, vous rendre
compte de la Quadrature du Cercle pretendue, &
j'avois bien de la peine à me refoudre de feuilleter
tout le gros volume qui en traite. En fin j'en ay veu
quelque chofe, & affez ce me femble pour pouvoir
dire, qu'il ne contient rien de bon qui ne foit facile
& qu'on ne puft efcrire tout en une ou deux pages.
Le refte n'eft qu'un paralogifme touchant la Quadrature du Cercle, enveloppé en quantité de propofitions
qui ne fervent qu'à embroüiller la matiere, & font
tres fimples & faciles pour la plufpart, bien que la
façon dont il les traite, les face paroiftre un peu
obfcures. Pour trouver fon paralogifme, j'ai commencé par la 1134e page, où il dit : *Nota autem eft pro-
portio fegmenti LMNK ad fegmentum EGHF,* ce qui eft
faux ; & la preuve qu'il en donne eft fondée fur la
39e propofition, en la page 1121 du mefme livre, où
il y a une erreur tres manifefte, qui confifte en ce
qu'il veut appliquer à plufieurs quantitez conjointes
ce qu'il a prouvé auparavant des mefmes quantitez
divifées. Car, par exemple, ayant les 4 ordres de pro-
portionnelles

$$2, \quad 4, \quad 8, \qquad 2, \quad 8, \quad 32,$$
$$\&$$
$$2, \quad 6, \quad 18, \qquad 2, \quad 10, \quad 50,$$

bien qu'il foit vray que 8 eft à 32 en raifon doublée de ce que 4 eft à 8 ; & que 18 eft auffi à 50 en raifon doublée de ce que 6 eft à 10 : il n'eft pas vray pour cela que 8 + 18, c'eft à dire 26, foit à 32 + 50, c'eft à dire 82, en raifon double de celle qui eft entre 4 + 6, c'eft à dire 10, & 8 + 10, c'eft à dire 18. Tous fes raifonnements ne font fondez que fur cette faute, & ce qu'il efcrit *de Proportionalitatibus & de Duaibus*, ne fert qu'à l'embaraffer, & ne me femble d'aucun ufage, pour ce que *fruftra fit per plura quod poteft fieri per pauciora*.

(Pag. 347-348.)

Huygens termine ainsi sa lettre (avant-dernière ligne, p. 350) : « Vides autem quàm hac in parte longè diverfum fonent Cartefii » literæ atque Elogia veftra : quorum utris potiùs fubfcribendum » fit, aliorum judicio decerni malim quàm meum interponere... »

On lit, au début de ce même volume, *Hugenii Vita*, p. 1-2 : « Anno 1644, ftudium Mathefeos aggreffus eft, Mathematicumque » Belgam Stampioen præceptorem habuit. Sequenti anno, Acade- » miam petiit quæ Leidæ eft apud Batavos. Ibi Vinnium jus civile » explicantem audivit, & magiftro Schotenio ftudium Mathefeos » continuavit, ingeniique ad hæc ftudia nati varia tunc temporis » dedit fpecimina... »

A la mort de Descartes, Grégoire de Saint-Vincent voulut dire son mot sur le philosophe. Il le fit en quelques vers à peu près intraduisibles (c'est un jeu de mots sur le nom de *René*); ces vers nous ont été conservés. Erasme Bartholin les envoya à Olaüs Wormius, à Copenhague, dans une lettre datée de Leyde, 2 juin 1650 : « ...Antequam finem imponam hifce litteris, apponam carmen » non inconcinnum, quod P. Gregorius à S. Vincentio Jefuita,

» auctor iftius *Quadraturæ Circuli,* nuper editæ, fed minime
» inventæ, mihi Gandavo mifit, in obitum Renati des Cartes :

> *Gallia te genuit, fed Suecia fuftulit orbi.*
> *(Mercedem hanc Gallis, Suecia, retribuis ?)*
> *Sed tua te virtus faciet chartæque renatum :*
> *Sic duplici, Mundo, forte Renatus eris.*
> *Vive igitur felix, nunquam moriture Renate,*
> *Qui natus morti, morte renatus eris.*

(Olaï Wormii *& ad eum virorum doctorum Epiftolæ,*
t. II, Hafniæ, 1751, p. 989.)

VI

THOMAS ET ERASME
BARTHOLIN

Le nom de Bartholin ne se rencontre qu'une seule fois (et sans
prénom) dans toute la correspondance de Descartes (t. V, p. 319,
l. 27). Par contre, le nom de Descartes revient assez souvent
dans les écrits et dans les lettres de Thomas Bartholin d'abord,
qui fut professeur en médecine à l'Université de Copenhague, et
de son frère Erasme Bartholin, médecin aussi et surtout mathématicien.

Thomas et Erasme Bartholin étaient Danois. Leur père, Gaspard
Bartholin, né à Malmoë en Scandinavie, le 12 février 1585, alla
prendre ses grades en médecine à l'Université de Bâle : il reçut le
bonnet de docteur des mains de Bauhin, en 1610. Puis il devint
professeur à Copenhague, de médecine d'abord, de 1613 à 1624, et
de théologie ensuite, à partir du 12 mars 1624, jusqu'à sa mort, le
13 juillet 1629. Il eut six fils, dont deux seulement intéressent la
biographie de Descartes, Thomas et Erasme.

Thomas Bartholin était le second de la famille ; son frère aîné
Barthole, né en 1614, fut professeur d'éloquence à Copenhague.
Thomas naquit le 20 octobre 1616. A vingt et un ans, il vint étu-
dier, à l'Université de Leyde, la philosophie, la philologie, la théo-
logie et surtout la médecine, de 1637 à 1640. Il était encore à
Leyde vers le milieu de cette année 1640 ; mais deux lettres que

lui écrivit un de ses maîtres de Leyde, Johannes Walæus, sur le mouvement du sang et celui du chyle, le 22 sept. et le 1er déc. 1640, lui sont adressées à Paris. Au printemps de 1641, Thomas Bartholin se trouvait à Montpellier; il se rendit de là à Padoue, où il demeura jusqu'en 1645, en se déplaçant d'ailleurs plus d'une fois : voyage jusqu'à Malte en 1644, avec retour par la Sicile, séjour à Naples, puis à Rome; au carnaval de 1645, il était à Venise. Enfin il alla, comme son père, chercher à Bâle le doctorat en médecine, qui lui fut conféré le 14 octobre 1645. Avant de revenir en Danemark, il fit encore un détour par la France et Paris. En 1646, il se retrouva à Copenhague, où il fut d'abord professeur de mathématique, 1647, puis d'anatomie, 1648; en 1654, il devint doyen perpétuel du collège des médecins; en 1661, nommé professeur extraordinaire, il se retira dans sa campagne de Hagestadt, où il mourut, le 4 déc. 1680. La médecine lui doit d'importantes découvertes : le canal thoracique dans le corps humain (Pecquet ne l'avait observé que dans les animaux); les vaisseaux lymphatiques ; la préparation du sang, non dans le foie, comme on croyait, mais dans le cœur. Ces découvertes d'ailleurs datent de 1651 et des années suivantes, et Descartes mourut en 1650.

Ce fut pendant les trois ou quatre années de son séjour à Leyde, que Thomas Bartholin entendit parler de notre philosophe, et sans doute le connut personnellement. Le *Discours de la Méthode* venait de paraître, dont une partie considérable, la plus importante pour un médecin, était consacrée précisément à la circulation du sang et au mouvement du cœur. Plus tard, dans l'éloge funèbre que Thomas Bartholin fera de son ancien maître Walæus, le 12 déc. 1649, à Copenhague, il le louera d'avoir été le premier à professer en chaire la doctrine de Harvey[a]; et dans ses ouvrages, il l'égale presque à Harvey lui-même, les nommant volontiers tous les deux ensemble. Chose curieuse, le médecin Elichman, que connut aussi Descartes, ayant succombé à une rupture

a. « *Walæi*, Leidenſium Æſculapij, ingenium ſummum... Æterna » illius laus eſt, quod ſpretam hactenus vel neglectam *Harvei* de circulari » ſanguinis motu ſententiam, monitore & ad experimenta facienda inſti- » gatore *Fr. Sylvio*, primus publicè cathedris aſſeruerit, & contra Primi- » roſii doctos inſultus vindicaverit... » (THOMÆ BARTHOLINI *Orationes*. Hafniæ, ſumptibus Danielis Paulli, in-8°, pp. 384. S. D.) *Oratio X : De Morte Veſlingi & Walæi*, habita in Audit. Maj. Hafn. xii Dec. 1649, page 76. Voir sur Primerose, notre t. II, p. 616, et t. III, p. 202 ; sur Walæus, t. III, p. 70 et 374.

d'anévrisme, le 10 août 1639, Walæus ne manqua pas de tirer argument de ce genre de mort, et des phénomènes qui l'accompagnent, en faveur de la circulation du sang, et ceci dans une des deux lettres qu'il adressa sur ce sujet à son élève Thomas Bartholin [a].

Dans les publications de ce dernier on trouve çà et là de petits détails, qui font quelquefois penser à Descartes : par exemple, le philosophe, parmi les raisons de douter qu'il énumère au début de ses *Méditations*, mentionne le dérangement d'esprit de ces malheureux qui s'imaginent être métamorphosés en cruche ou en pot de terre, ou bien qui croient que leur corps est de verre; or Thomas Bartholin cite un cas de ce genre, un pauvre fou d'Amsterdam, un poète, qui se croyait en verre, au moins dans la partie postérieure de son corps, et n'osait plus s'asseoir, crainte de se casser. Descartes en avait sans doute entendu parler [b].

Thomas Bartholin, parti de Leyde en 1640, n'oublia pas les amitiés ni les relations qu'il y avait nouées. Une lettre de Walæus, datée de Leyde, 11 février 1644, lui est adressée à Naples; et il est intéressant d'apprendre qu'à cette date, au sud de l'Italie, un Danois se faisait envoyer du fond de la Hollande des nouvelles de notre philosophe. Walæus l'entretient, en effet, des démêlés de Descartes et de Gassend, et lui annonce la publication prochaine des *Principia Philoſophiæ*, dont lui-même, Walæus, a déjà lu

a. « Leidæ aneuriſma, diſruptâ arteriâ, quartam thoracis partem occu-
» parat in *D. Johanne Elemanno*, Medico Experientiſſimo, unde miſerè
» perijt. Quod & annotavit *Cl. V. Joannes Walæus*, Præceptor olim
» meus & Amicus ſuſpiciendus, in Epiſt. I. de Mot. ſang. ad me ſcriptâ,
» ut ſanguinem in arterias pelli aperto indicio demonſtraret. » (Thomæ
Bartholini *Hiſtoriarum Anatomicarum rariorum Centuriæ*. Amſtelo-
dami, apud Ioannem Henrici, 1654.) Cent. IV, hiſt. xli, p. 322.

b. « ...Ces inſenſés... qui s'imaginent eſtre des cruches ou avoir un
» corps de verre. » (Tome IX, p. 14.) Descartes avait dit en latin :
« ...neſcio quibus inſanis... ut conſtanter aſſeverent vel ſe... caput
» habere fictile, vel ſe totos eſſe cucurbitas, vel ex vitro conflatos... »
» (Tome VII, p. 18-19.) Comparer les deux hiſtoires suivantes : « *Melan-*
» *cholicorum figmenta*... Inſignis Amſtelodamenſium Poeta nates credidit
» ſibi eſſe vitreas, timuitque rupturam ſi conſideret... Medicus quidam
» Venetus eruditus quotannis ſub caniculâ ſub tecto ſedens toto menſe
» commorabatur. Metuebat nempe ſibi ne frangeretur ſi in parte ædium
» inferiore conſiſteret, quum vas teſtaceum ſe crederet... » (Thomæ
Bartholini *Hiſtoriarum ...Centuriæ*, Centuria I & II.) Page 118.

quelques passages sans doute en manuscrit ou sur des épreuves
d'imprimerie. Voici les propres termes de cette lettre :

« ...Cartefius fibi adverfarium paravit Petrum Gaffendum, qui
» magno volumine fatis meo judicio probavit, hactenus nihil Car-
» tefium demonftraviffe; & ut à Cartefii amicis intelligo, fatis ad
» refpondendum follicitus eft. Phificam fuam generalem perficit,
» particularem aliis relicturus. Illius duos jam tractatus legi, *de*
» *loco & motu*, egregios fane; verùm haud arbitror eos pares
» expectationi futuros... » (THOMÆ BARTHOLINI *Epiftolæ medicina-*
lium... Centuria I & II, Hafniæ, 1663, p. 197.)

Plus tard, après la mort de Descartes, Thomas Bartholin, qui
se piquait de faire aussi des vers, ne manqua pas de célébrer en
quelques quatrains ou distiques le philosophe. On les trouve
imprimés dans un recueil : THOMÆ BARTHOLINI *Carmina*, Hafniæ,
apud Danielem Paulli, MDCLXIX, p. 209, 214, 217 :

Ad Manes Renati des Cartes
in Suecia denati.

Eifet vita tibi calido cum Sole renata ;
    Debebat tandem frigidiore mori.
Sat calidi æternis chartis natura patebat,
    Sed nondum fuerat frigida nota tibi.

De glandula pineali Cartefiana.

Parva quidem plures animæ tamen exprimo fenfus,
    Et viget in minimo maxima cura loco.

De Renati Cartefii Homine.

Cartefii chartis natura recluditur ipfa,
    Cujus ab ingenio nafcitur omnis homo.
Namque animal quod fponte prius, nunc arte movetur,
    Prodit & artificem machina plena Deum.

Ajoutons ici ces deux vers, p. 6, où Descartes n'est pas nommé,
mais qui rappellent sa philosophie :

Ad Atheum.

A te nefciri Dominum terræque polique,
    Non miror, cùm fis nefcius ipfe tuî.

Mais surtout, dans son ouvrage principal, un traité d'Anatomie,
qui n'était autre que celui de son père, Gaspard Bartholin, révisé
d'ailleurs et mis au point par le fils, conformément aux nouvelles
découvertes, Descartes est souvent mentionné, ainsi que ses disciples Regius d'Utrecht et Hogelandius de Leyde : notamment à
propos du mouvement du cœur, et aussi de cette prétendue circulation des esprits animaux dans les nerfs, que Descartes avait ima-
ginée par analogie avec la circulation du sang dans les artères et les
veines. Deux passages en particulier sont intéressants à ce sujet. La
première édition est de 1640; la seconde, de 1645, et la troisième,
de 1651; nous ne savons s'ils se trouvent dans toutes. Les voici
d'après une édition malheureusement postérieure : Thomæ Bartholini *Casp. Fil.* Anatomia, *ex Caspari Bartholini Parentis Institutio-
nibus, Omniumque recentiorum & propriis Observationibus tertiùm
ad sanguinis circulationem reformata...* (Hagæ-Comitis, ex typo-
graphiâ Adriani Vlacq, cIɔ Iɔ clxvi).

« Subtilissimus *Renatus des Cartes* eumque sequuti pari laude
» *Corn. Hogelandius* & *Henr. Regius,* motum cordis à rarescente
» sanguinis una vel altera gutta perfici, alio modo demonstrant... »
(Page 253.) Suit tout un développement, qui rappelle la thèse de
1640, reproduite ci-avant, p. 8-9.

« Cartesius in nervis *valvulas* esse arbitratur, quæ spiritum sistant
» ne refluat; aliàs partium motum fieri non posse. Sed videntur
» spiritus in partibus retineri posse, si anima quæ spiritus usque ad
» valvulam direxit, in ipsas usque partes dirigat. Nemo enim Ana-
» tomicorum valvulas hactenus observavit. Nec spiritus subtiles
» valvulis impediuntur. Neque denique faciles forent Apoplexiæ
» aut Paralyses, si spiritus possent in partibus à valvulis detineri. »
« Præter valvulas *Circulationem* quoque spirituum animalium
» in nervis introducit *H. Regius...* Sed dubia quædam me retra-
» hunt, ab hac ingeniosâ conjecturâ... » (Page 453.) Voir notre
t. XII, p. 159-160.

Une étude sur Descartes médecin reste encore à faire, et les
ouvrages de Thomas Bartholin fourniront plus d'un renseignement utile à ce sujet. Voir aussi l'ouvrage moderne : Israels &
Daniels, *De verdiensten der hollandsche geleerden ten opzichte van
Harvey's leer van den bloedsanloop.* (Utrecht, 1883.)

Erasme Bartholin, de neuf ans plus jeune que Thomas, naquit
le 13 août 1625 à Roeskilde, non loin de Copenhague. Lorsqu'il
eut ses vingt et un ans, il voyagea aussi, de 1646 à 1657. Il étudia

d'abord à Leyde, pendant quatre ou cinq années environ, puis à
Padoue où il prit le grade de docteur en médecine, en 1654. Il
devint professeur en géométrie et en médecine à Copenhague, et
mourut en 1694. Mais il était plus géomètre que médecin, et se fit
connaître surtout par une Introduction à la *Géométrie* de Descartes,
Principia Mathefeos Univerfalis, publiée avec les commentaires
de Frans Schooten, à la suite de la traduction latine que celui-ci
donna de la *Géométrie* en 1649. C'est donc bien lui, Erasme Bartholin, et non pas son frère Thomas, qui fit aussi des vers pour le
portrait du philosophe, qui devait figurer en tête de cette traduction. Mais en outre Erasme Bartholin entretenait de Leyde une
correspondance avec un vieil ami de son père, Olaüs Wormius,
professeur à Copenhague, et dans cette correspondance il est plusieurs fois question de Descartes.

Wormius, né le 13 mai 1588 à Aarhus dans le Jutland, avait
étudié la médecine successivement à Strasbourg, Bâle, Padoue,
Montpellier et Paris (c'était en ce temps-là le *curriculum* de tout
bon étudiant, en y ajoutant toutefois aussi Leyde). Il était revenu
à Copenhague en 1613. On lui offrit d'abord la chaire de grec (il
avait connu Casaubon, à Paris), puis celle de physique ; en 1624,
il succéda à Gaspard Bartholin qui échangea, nous l'avons vu, sa
chaire de médecine pour celle de théologie. Wormius mourut le
7 sept. 1654, recteur de l'Université de Copenhague. Thomas Bartholin fit à deux reprises l'éloge funèbre de celui qu'il considérait
moins comme un de ses collègues, que comme un de ses maîtres
et son second père.

Parmi les lettres que lui avait écrites Erasme Bartholin, et
qui ont été publiées (OLAï WORMII *& ad eum doctorum virorum
Epiftolæ,* t. I et II, Hafniæ, 1751), trois au moins donnent des
renseignements précieux sur Descartes. Telle était alors, grâce à
ces correspondances des savants entre eux, la rapidité d'informa-
tion : un professeur danois, à Copenhague, pouvait se tenir au
courant de la philosophie nouvelle, et il se montre curieux de
détails sur le philosophe autant que pouvaient l'être les compa-
triotes de celui-ci en France et à Paris.

Une première lettre, datée de Leyde, le 10 avril 1648, annonce
la rupture de Descartes et de Regius. Erasme Bartholin envoie
même à Wormius un exemplaire des *Notæ in programma, etc.*
(t. VIII, 2ᵉ partie, p. 335-370), qui furent la dernière réplique du
philosophe à son disciple infidèle. En outre, il est question du

prochain départ de Descartes pour la France, à la demande de son
Roi lui-même, et de l'ouvrage qu'il méditait sur la génération ou
procréation de l'homme.

« Dominus Regius, qui credebatur Cartefianus effe, vel audiri
» volebat, *de Animâ* difputans, in thefibus fuis tam graviter in
» Philofophiam & principia ejus impegit, ut coactus fuerit Carte-
» fius, eas libello in publicum emiffo refutare, & Regium è caftris
» fuæ Philofophiæ excludere, uti ipfe ex *Notis* ejus, quas tibi
» mitto, perfpicies luculentius... »

« ...Renatus Des Cartes, inftante Majo, molitur reditum in
» patriam, ut tandem petitionibus Regis fui fubfcribat. Meditatus
» eft egregia *de Hominis procreatione;* fed quoniam unum ipfi
» reftet, in quo fibi non poffit fatisfacere, non vult ut opus hoc
» lucem videat : quod mihi præfenti narravit... » (Olaï Wormii *& ad*
» *eum doctorum virorum Epiftolæ,* t. II, Hafniæ, 1751, p. 975-976.)

Dans une seconde lettre, datée encore de Leyde, 12 nov. 1649,
Erasme Bartholin annonce à Wormius la publication récente de
la *Géométrie* de Descartes, traduite en latin par Schooten, avec
les commentaires de celui-ci et les siens propres, qui lui ont été
demandés. Il parle aussi du voyage en Suède, avec l'espérance
d'un retour au prochain hiver. Il raconte enfin qu'on achève
d'imprimer le petit traité *des Passions :*

« ...Nuper in lucem prodiit ex officinâ Marianâ *Geometria* à
» Renato Des Cartes olim Gallicè confcripta & Methodo editæ
» anno 1637 fubjuncta, in Latinam verfa & Commentariis Pro-
» fefforis à Scooten illuftrata. Cùm autem rogatus effet per litteras
» à Mathematicis in Gallià, ut quæftionem quandam difficillimam,
» hic à Stampioenio ante annos aliquot propofitam (qui 600 Flore-
» nos, fponfione cum alio quodam factâ de quæftionis illius folu-
» tione, perdidit, quippe problema propofitum folvere ipfe non
» potuit) & Belgicè editam, fubjungeret operi huic Des-Cartes,
» additis Commentariis, quibus via pateret unicuique perveniendi
» ad obfcuriffimam & fubtiliffimam propofitæ quæftionis folutio-
» nem, noluit petitionibus eorum refragari ; & cùm audiviffet
» me jam paratos habere in eam Commentarios, quos memoriæ
» caufâ confcripferam, petiit à me, ut paucis eos fubnecti conce-
» derem : cujus me petitioni morigerum geffi. Renatus Des Cartes
» precibus Reginæ Succiæ tandem vocatus eft in Sueciam, finità
» tamen hyeme reverfurus. Tractatus ejus *de Affectibus,* Gallicè
» confcriptus, fub prælo fervet... » (*Ibid.,* t. II, p. 981.)

Le problème de Stampioen, dont il est ici question, remontait
à l'année 1638. (Voir t. XII, p. 272-280.) Ajoutons que ce mathématicien ne fut pas seulement, comme nous l'avons dit, le maître
pour les mathématiques, de la princesse Élisabeth et des fils de
Conſtantin Huygens, mais auſſi du fils de Frédéric-Henri, celui
qui devint stathouder sous le nom de Willem II et qui mourut en
1652. Enfin ce même Stampioen semble être revenu à la charge
avec des questions nouvelles, en 1648, comme en fait foi la lettre
suivante d'Antoine Vivien à Jean de Witt, le futur grand-pen-
sionnaire :

« Sie dat Stampioen weder nieuwe mathematische questien de
» liefhebbers voorstellt, byaldien d'exemplaren daervan publice
» vercopt worden. Ick twyflele niet of Mons. Descartes sal der al
» een hebben; desniettemin heb een van twee, die U E my syt
» sendende, aan Mons. Calume laten behandigen an te bestellen
» aan voorn. Descartes. » (La Haye, Archives de l'Etat. Publié en
partie par Geddes, *Leven en beſtuur van Joh. de Witt,* trad. de
l'anglais, Harlem, 1880, t. I, p. 46.)

Une troisième lettre, datée du 12 avril 1650, deux mois après
la mort de Descartes, est plus importante encore. Erasme Bartholin fait à Wormius un récit des derniers moments du philosophe, d'après les relations envoyées aussitôt à Hogelande et au
sieur de Bergen par Chanut lui-même et par le fidèle serviteur de
Descartes, Henri Schluter. Cette lettre de Bartholin s'ajoute ainsi
à la série des lettres semblables, que nous avons données, t. V,
p. 470-500.

« Salmaſius itineri ſe committet quamprimùm cœlum ætati ejus
» faverit, nec patietur ſe detineri tamdiu ut à frigore ſibi peri-
» culum afferri poſſit, exemplo deterritus Renati Des Cartes, cujus
» immaturum obitum doctorum plerique valde deplorant. Nam,
» certâ relatione literarum ipſius Legati Galliarum Regis in Sue-
» ciâ commorantis, cujuſque fruebatur hoſpitio Des Cartes, uti &
» famuli ipſius defuncti, ad Dominum Hoghelandum & Topar-
» cham (Van Bergen) miſſarum, accepimus ipſum (ut precibus
» Reginæ etiam hoc daret) quotidie horâ quartâ matutinâ Reginam
» docuiſſe ſuam Philoſophiam, cujus diſcendæ avidiſſima erat.
» Contigit autem aliquando, ipſâ medietate ſævientis hyemis, ut è
» Bibliothecâ Reginæ, ubi docebatur, domum reverſus, tanto per-
» celleretur frigore, ut ſpiritum vini in remedia poſceret. Verùm
» vis frigoris non aliâ ratione magis leniri videbatur, quàm ſi

» lectum repeteret. Regina, nuntio de infirmâ ejus valetudine
» accepto, mifit ftatim unum è medicis fuis, quem, cùm venam
» fecare vellet, admittere noluit initio ; poftea verò, accedente poft
» pleuritidem febri ardente, paffus eft fibi venam ter aperiri, licet
» irrito fucceffu, adeo ut Calendis Februarii diem obierit fuam,
» maximo cum dolore omnium ipfiufque Reginæ, quam in cerâ
» eum exprimi curaffe inaudivimus. Quamquam autem rogaret
» Regina ut magnificè illi jufta perfolverent, atque in templo pri-
» mario fepelirent, tamen fuperftitione nefcio quâ, humo mandatus
» eft extra urbem in cœmiterio, ubi pueruli humari folent. Con-
» jecturâ fane ducor ad fufpicandum fuafu Jefuitæ, qui apud
» Legatum ibi forte moratur, id factum effe ; quippe conftat, eos
» tali fuperftitioni deditos, etiam templa Reformatarum urbium,
» ab iis occupatarum, prius virgis cœdere folere, quàm facra fua iis
» concredere. »

« Pleraque fcripta Des Cartes funt in Sueciâ, quædam tamen
» hîc ; & fi Legatus, ficuti promifit, candidè egerit, non patietur
» Hogheland, apud quem ciftæ ejus fervantur, multis utilibus
» inventis commodum publicum privari. Scio quidem ipfum
» Tractatum de Homine ingenio fuo concepiffe ; coràm enim faffus
» eft, fe totam naturam & conftructionem hominis tam clarè &
» diftinctè cognoviffe, atque demonftrare potuiffe, atque demonftra-
» tiones Euclidis ; fed vereor ne cum eo perierit, cùm vix quicquam
» folidi fcriptis conceptum reliquerit. Nec enim folitus eft aliquid
» libris mandare, antequam totum fimul ingenio eruiffet atque
» bene meditatus effet... » (*Ibid.*, t. II, p. 985.)

Erasme Bartholin ne fait que reproduire, dit-il, dans ce récit
les lettres de Chanut et d'un serviteur du défunt, à Hogeland et
à Bergen. Nous n'avons point celles que Chanut écrivit alors en
Hollande ; mais celle du serviteur, Henri Schluter, et une autre
encore, qui était comme celle-ci en flamand, ont été imprimées
plus tard dans un livre, où notre heureux chercheur Cornelis de
Waard les a retrouvées : *Mathematische Liefhebberije, met het
Nieuws der Fransche en Duytsche Schoolen in Nederland, van July
tot December 1755 ingesloten. Deerde deel. Te Purmerende, by
P. Jordaan, boekverkoper. Met Privilegie.* Page 155 :

François van Schooten répond de Leyde, le 27 nov. 1653, à Dirk
Rembrandtz, qui lui avait demandé des détails sur la mort de
Descartes, et il lui envoie une copie de la lettre de Schluter. Rien
d'étonnant que Rembrandtz, ce cordonnier devenu astronome,
grâce à notre philosophe (t. XII, p. 480-481), ait gardé la mémoire

de celui-ci, et s'enquière pieusement de sa mort. On pourrait
cependant être surpris qu'il ait attendu pour cela plus de trois
années. Mais il ne publia son *Astronomie* qu'en 1653, et cela sans
doute le mit en relations avec Schooten, auquel, trop petit personnage, il n'aurait pas osé s'adresser auparavant.

« *Dirk Rembrantsz*, zeer goede Vriend,

« Ik zal, alzoo UE verzoekt te weten eenige omstandigheden
» van het overlyden van Mynheer *Des Cartes*, dewelke door
» verscheyde zeer beleefde brieven van de Koninginne van Zweeden
» aldaar verzogt was, gelyk ik zelfs wel heb konnen lesen als doen-
» maals tot Egmont-binnen zynde, wanneer hy van haar, als ook
» van de Heer Ambassadeur *Ch(a)nut*, doenmaals Ambassadeur
» aldaar vanwegen zyn Coninglyke Majesteyt van Vrankryk,
» dezelve quam te ontfangen : zo is 't, dat hy eyndelyk door zoo-
» veele nodingen en beleeftheden zynde overwonnen, eyndelyk
» daar na toe (hoewel ongaarn) getrokken is, zynde anno 1649. »
« Vorders, aangaande zyn afsterven, hebbe dit volgende uyt
» zekere brief uyt Stokholm anno 1650, korts na zyn overlyden
» geschreven, geëxtraheert :

« Copye uyt Stokholm den 2 February 1650. »

« *Gisterenmorgen vroeg omtrent 4 uure is hier ten huyse van zyn*
» *Excellentie de Heer* Ch(a)nut, *Franse ambassadeur, overleden de*
» *Heer* Des Cartes, *die weynig dagen ziek gelegen heeft, zo ik*
» *verstaan hebbe. Heeft mede het pl(e)uris gehat; maar niet willende*
» *nemen nog gebruyken, zoude een heete koortse daartoe geslagen*
» *zijn. Daarna heeft hy zig wel driemaal op een dag doen laaten,*
» *maar zonder operatie van zonderling bloet te laten. Haar Majes-*
» *teyt beklaagde zyn afsterven zeer, wegens hy zoo een geleerde*
» *man was. Men heeft hem in was afgegoten. Hy heeft niet gemeent*
» *hier te sterven, hebbende onlangs voor zyn doot geresolveert gehat*
» *met de eerste goede gelegentheid zig wederom naar Nederland te*
» *begeven, &c.*

« Copye uyt den brief van Monsr. SCHLUTER, gedateert
» Stokholm den 12 February 1650.

« *Het is wel 4 of 5 dagen geleden, dat Mynheer* Des Cartes
» *zeyde, dat hy heden aan UE zoude moeten schryven en door my,*
» *overmits hy ziek was, hadde gehoopt met my den brief van woord*

» *tot woord te dicteren, UE te verblyden van zyne goede gesont-*
» *heyd. Maar hy heeft desen dag, zo die tyd myns levens beklagen*
» *zal, niet overleven mogen : is gisterenmorgen tussen 3 en 4 uren*
» *gestorven.* »

« *Hy is den 3de February des morgens ten 4 uure, als hy zoude*
» *gaan na de biblioteque, gelyk hy gewoon was alle morgens om die*
» *tyd daar te gaan en de Koninginne aldaar te vinden, ja ook in de*
» *aldergrootste koude, dewelke zoo groot was, dat de Sweede zelven*
» *zeyde, dat het in lange tyd hier zoo koud niet geweest en hadde —*
» *'t welk mogelyk oorzaak is om zyn doodt — in eene sterke koortse*
» *gevallen, welke ontstaan is, gelyk hy zeyde,* ex sua pituita, *ende*
» *hem zo sterk toevloot, dat de mage daardoor beswaart en hem*
» *dogte, dat dat natuurlyk vuur in hem bykans was uytgeblust.*
» *Hadde grote koude en pyn in 't hooft, nam anders niet des daags*
» *als 3 of 4 lepels brandewyn ende deede twee gantsche dagen anders*
» *niet als slapen. Des Vrydags hebben hem een wynsoppe moeten*
» *geven ; begonste ook te klagen, dat hy zeer grooten pyn hadde in*
» *zyn zyde, zoodat hy qualyk aassem konde haalen en zeyde, dat*
» *hy nu een heel ander temperament in hem merkte en zeer groote*
» *hitte hadde, welke hitte en pyn in de zyde dagelyks zeer toege-*
» *nomen heeft, alzoo 't anders niet en was als een heete koortse ende*
» *pleuresie, dat hy doen niet geloven en wilde. Des Maandags daarna*
» *heeft de Koninginne aan hem gezonde haaren medicyn en een*
» *hofjonker, en hem doen bidden, dat hy zig met denzelven zoude*
» *consuleeren, maar zy koste niet accorderen. Den doctor riet hem,*
» *dat hy zig zoude doen laaten ende gebruyken goede remedien ;*
» *heeft geantwoort, dat hy geen bloet te veel hadde ende anders gene*
» *remedien en meynde te gebruyken als die uyt de keucken quamen ;*
» *ende heeft geensins willen lyden, dat den doctor meer by hem quam.*
» *Op 't leste heeft hy zig geresolveert te doen laaten. Ende men heeft*
» *hem gelaaten 3 maal, verleden Dingsdag, 't welk anders niet en*
» *was als verrot bloet ende heel geel. Dat dog niet heeft mogen baten.*
» *Zal heden ten 4 uure naermiddag begraven worden. Hebbe alles*
» *gegeven in handen van den Heer Ambassadeur, &c.* »

« *Nota.* Hier dient op gelet op den datum, also het schynt den
» eenen de oude ende < den > ander den nieuwen styl gevolgt te
» hebben ende geschreven ten huyse van den voorschreven Ambas-
» sadeur, ten wiens huyse hy doorgaans is gelogeert geweest,
» zynde een man van groote geleertheyd, wysheid ende voorzig-
» tigheyd, die, als ook zelfs zyn huysvrou, in de philosophie van

» de voorsz. *Des Cartes* grotelyks is ervaren. Onder dewelke dan
» alle zyne byzonderste schriften en overblyfselen berusten, die hy
» zorgvuldelyk is bewarende ende zelfs by de eerste gelegenheyd,
» en zynen ledigen tyt, verhoopt in 't ligt te geven; waartoe ons
» vavorable occasie schynen te geven, dat hy in Den Haag als
» Ambassadeur van Vrankryk zal kome resideeren. Heeft op
» zyne kosten een voortreffelyke tombe of graf tot Stokholm ter
» cere van sal. *Des Cartes* en zijne eeuwige gedagtenis, als op een
» der Franschen natie, opregten laten, waarvan wy de teykening
» alhier gezien hebben, en daar rontsom in 't kort zyn leven en
» afsterven in 't latyn inhouwen laten, gelykerwys datzelve hier tot
» Leyden gedrukt is. Ende is alzo dat groote ligt uyt de werelt
» weggenomen, dat ons in velen, zoo 't God ons had gunne,
» wille, nog zoude konne verligten, hetwelk wy dan ons zoude
» toeschryven mogen. »
« Hem biddende, dat hy ons wyders hier tydelyk wil gelieven te
» zegenen en hiernamaals gunne de eeuwige zaligheyd,

« UE dienstwillige vriend

« François van Schooten. »

« Uyt Leyden,
» den 27 November 1653. »

« *Des Cartes* geboren anno 1596 den laatste dag van Maart tot
» La Haye in Touraine in Vrankryk. »

Remarquons ces dernières lignes, qui confirment ce que nous
avons dit de la date exacte de la naissance de Descartes (t. XII,
p. 1-2). Remarquons aussi, au début de la lettre, que Schooten
s'était trouvé plusieurs fois, au reçu des lettres de Suède, chez
Descartes à *Egmond-binnen.* Il y avait trois Egmond, voisins l'un
de l'autre d'ailleurs. Descartes habita d'abord *Egmond op den
Hoef,* l'année 1643-1644 ; il date ensuite ses lettres d'Egmond tout
court, sauf une, du 17 avril 1646 : Egmond-Binnen précisément.
Ne peut-on conclure de l'indication de Schooten, que ce fut là, en
effet, sa résidence, de la fin de 1644 jusqu'en août 1649? (Voir t. XII,
p. 127, *note b.*)

Pour revenir aux lettres d'Erasme Bartholin à Olaüs Wormius,
il en est une quatrième encore, du 2 juin 1650, qui accompagne
l'envoi d'une gravure du portrait de Descartes par Frans Hals. Nous
la retrouverons plus loin, dans une note sur ce portrait. (P. 46.)

Enfin, dans cette même correspondance entre Bartholin et Wormius, se trouve le titre complet d'un ouvrage, *Pentalogos,* dont il est question dans les lettres de Descartes, t. III, p. 201 et 249 : *Cofmopolita Mercurius, Pentalogus in libri Gallici partem de Meteoris.* Hagæ, 1640, in-4.

VII

ENDEGEEST

Une publication annuelle, *Leidsch Jaarboekje,* a donné, dans le volume de 1909, p. 1-44, une histoire du château d'Endegeest, *Geschiedenis van het Kasteel Endegeest,* par W. Bijleveld. Nous y empruntons quelques détails, qui intéressent la biographie de Descartes.

Endegeest, situé à une petite distance de Leyde, avait beaucoup souffert du siège de cette ville, en 1574. Le corps principal du logis fut incendié : les deux tours subsistèrent seules à droite et à gauche, laissant entre elles un espace entièrement vide ; une gravure du temps le montre en cet état. Le propriétaire, Maerten van Schouwen, mis en possession le 7 nov. 1574, ne se pressa pas de réparer ces ruines. En 1609, il habitait encore la ville de Leyde avec sa famille ; il ne fit sans doute rebâtir Endegeest qu'après cette date. Mais en 1622, un registre de la population dans les villages du pays le mentionne comme résidant à Endegeest, lui, sa femme, trois enfants, dont deux fils et une fille, et quatre domestiques, en tout neuf personnes : ce qui indique le nombre d'habitants qui suffisait pour occuper entièrement le château.

Ce propriétaire mourut en 1626. Son fils aîné, Nicolas van Schouwen, fut mis en possession du domaine le 13 mai 1627 ; il y demeura jusqu'à sa mort en 1638. Il ne s'était point marié ; il eut pour héritier un frère qui lui survivait, Jan van Schouwen, nommé aussi Jan van Foreest van Schouwen. Celui-ci n'eut même pas le temps d'entrer en possession : il mourut cette même année 1638. Lui non plus ne s'était pas marié, et le domaine revint à un neveu, fils d'un autre frère prédécédé, Gérard van Schouwen. Ce neveu, Pieter, s'appela comme son oncle, van Foreest van Schouwen. Comme il était mineur, il ne fut investi du domaine que provisoirement, le 3 mars 1639, en attendant sa majorité, à l'âge de vingt-cinq ans. Mais il ne vécut pas jusque-là, et mourut à Rome, le 11 janvier 1644. Sans doute il voyageait, selon la coutume des jeunes gentilshommes en ce temps-là, qui complétaient ainsi leurs études. En son absence, personne n'habitait Endegeest ; le castel fut à louer, et Descartes en profita. Sa location dura deux années, de la fin de mars 1641 jusqu'à la fin d'avril 1643. Il l'occupait sans doute en entier, ayant plusieurs domestiques de l'un et de l'autre sexe, dit Sorbière qui le visita en cette demeure (t. III, p. 351-352) ; il y reçut plusieurs fois des hôtes, et même deux ou trois en même temps : or il suffisait, nous l'avons vu, de neuf personnes pour remplir tout le château.

La famille van Schouwen était catholique : Martin van Schouwen, le propriétaire d'Endegeest, de 1574 à 1626, et tous ses fils, dont deux, Nicolas et Jan, lui succédèrent en 1627 et en 1638, et encore son petit-fils Pieter. Ce fut seulement après la mort de ce dernier qu'Endegeest devint la propriété d'une famille protestante : l'héritière, Élisabeth van Schouwen, nièce de Martin van Schouwen, et cousine-germaine des deux frères, Nicolas et Jan, avait épousé, le 25 mai 1621, Jacob van Berchem, « hofmeester » du prince d'Orange Maurice, et plus tard membre du Conseil d'État de Hollande : pour remplir ces deux offices, Jacob van Berchem appartenait certainement à la religion réformée. Sa femme fut investie du domaine d'Endegeest, d'abord le 5 déc. 1644, puis définitivement le 11 juillet 1646. Descartes habitait donc, les deux années 1641-1643, la propriété d'une famille catholique. De plus, le château d'Endegeest est tout proche du village d'Oegstgeest, où se trouve encore aujourd'hui une petite église dont la jouissance a toujours été aux catholiques. Les fidèles qui la fréquentaient en ce temps-là, ont certainement vu pendant les deux années 1641-1643 le philosophe français, locataire d'Endegeest, assister parmi eux à la messe et aux cérémonies de leur culte.

W. Bijleveld étudie ensuite la série des propriétaires d'Endegeest, jusqu'au dernier, Léonard-Adrien-Charles Gevers, qui le vendit en 1896 à la ville de Leyde, pour en faire un asile d'aliénés. Deux vues anciennes du château, la façade de devant (en 1700) et celle de derrière (en 1789), reproduites d'après des originaux de la collection de dessins du Musée de Leyde, illustrent cette intéressante publication.

VIII

PORTRAIT DE DESCARTES

A STOCKHOLM.

En 1907, un membre de l'Académie royale de Stockholm, Gustav Retzius, correspondant de notre Institut de France, informait par lettre M. Gaston Darboux, secrétaire perpétuel de l'Académie des Sciences, qu'on venait de retrouver à Stockholm un portrait de Descartes. Des photographies de ce portrait étaient jointes à la lettre, en attendant qu'une copie à l'huile fût prête pour être offerte à l'Académie des Sciences de Paris. L'Académie reçut cette copie, dans sa séance du 4 mai 1908 ; elle figure depuis lors dans la Bibliothèque de l'Institut.

L'original ne porte point de signature ni de date. Mais il présente tous les caractères d'une peinture du temps, et les érudits de Suède assurent qu'en 1650 à Stockholm il ne se trouvait qu'un seul peintre capable d'un tel ouvrage, un Hollandais, élève de Van Dyck, David Beck, de Delft. La reine Christine aurait commandé à David Beck le portrait de Descartes.

Avant d'étudier les quelques textes qui peuvent confirmer et préciser cette attribution, examinons le portrait lui-même, ou du moins les photographies qui nous en ont été envoyées. Si on compare avec la physionomie traditionnelle et pour ainsi dire classique du philosophe, telle que nous l'a transmise le portrait du Louvre attribué à Frans Hals, la peinture de Stockholm étonne et inquiète, autant d'ailleurs par les ressemblances qu'elle offre que par les différences. Voici d'abord les différences : une figure plus pleine et qui paraît par conséquent plus jeune, bien que ce portrait fût des derniers mois de la vie de Descartes ; des yeux ternes et mornes, ou tout au moins insignifiants ; un nez assez fort sans doute, un peu moins cependant que le nez si caractéristique du philosophe ; d'assez grosses lèvres, tandis que celles du Louvre sont plutôt minces et allongées ; enfin sous le menton un pli de chair qui retombe, et c'est la seule particularité qui indiquerait un âge plus avancé. L'ensemble toutefois est conforme au Descartes que l'on connaît. Voici maintenant les ressemblances : le visage regarde de même, et se présente aussi de trois quarts ; tout le costume, y compris le rabat, est presque identique; le bras est semblablement placé, et la main paraît tenir aussi un chapeau. C'est donc tout à fait le buste, tel que l'a peint Frans Hals; on en aurait seulement modifié quelque peu la tête. Le portrait de Stockholm devient ainsi pour nous un problème, sinon une énigme; trois ou quatre textes de Baillet, dans sa *Vie de Descartes*, nous permettront peut-être de le résoudre.

D'abord l'auteur du portrait peut fort bien être David Beck. Baillet nomme, en effet, ce peintre pour dire, d'après une relation de Chanut, que David Beck fut si édifié de la philosophie de Descartes, qu'il se convertit au catholicisme. (Voir t. XII, p. 546, *note*.) Le bon Baillet, qui était, ne l'oublions pas, l'abbé Baillet, et qui dédiait, en pleine réaction catholique, sa *Vie de Descartes* au chancelier Boucherat, l'exécuteur de la révocation de l'édit de Nantes, ne manque aucune occasion de montrer l'action religieuse de son philosophe, et de garantir ainsi l'orthodoxie de la doctrine nouvelle. Toujours est-il (et cela seul est à retenir ici), que David Beck se trouvait à Stockholm en même temps que Descartes. Il eut sans doute avec lui plusieurs entretiens. Descartes était un personnage célèbre, dont il pouvait avoir à faire un jour le portrait; son œil de peintre dut étudier, tout en conversant, la physionomie de ce futur modèle.

Dans un autre endroit, (sans nommer David Beck, il est vrai), Baillet parle incidemment d'un portrait de Descartes que, dit-il, la reine Christine aurait fait tirer de lui « après sa mort ». Et il cite, en marge, les lettres du chevalier de Terlon à Pierre d'Alibert, datées de 1665. D'Alibert, avant de faire revenir à Paris les restes du philosophe, avait d'abord pensé seulement à lui ériger à Stockholm un tombeau digne de lui, et s'était adressé pour cela au nouvel ambassadeur de France en Suède, le chevalier de Terlon. Celui-ci entra dans ses vues, et lui envoya un projet, qui d'ailleurs ne fut pas exécuté : outre un monument de marbre, disait-il, qui serait superbe, il ferait faire un buste de bronze et un autre de pierre de taille, sur le tableau que la reine Christine avait fait tirer de Descartes après sa mort. (Tome XII, p. 595.) La reine était partie de Suède après son abdication, en 1654; mais, bien qu'elle eût emporté avec elle ses collections de tableaux et d'objets d'art, elle avait dû laisser à Stockholm le portrait de Descartes, puisque Terlon en parle, comme s'il l'avait sous les yeux en 1665. D'où cette conclusion, il est vrai, conditionnelle : si le portrait dont Retzius nous a envoyé la copie est bien celui-là, ce serait un portrait de Descartes *tiré de lui après sa mort*.

Pouvons-nous prendre à la lettre ces trois derniers mots, comme voulant dire *aussitôt après la mort*? Le fait, d'abord, est-il vraisemblable? Sur l'ordre de la reine, David Beck (ou un autre, mais plutôt lui qu'un autre) se serait rendu sans retard au logis de Chanut, où Descartes venait d'expirer, et aurait tiré à la hâte, non pas un tableau certes, mais au moins un crayon du visage du défunt encore étendu sur son lit et exposé à la piété des visiteurs. Or Descartes expira le mardi 11 février 1650, à quatre heures du matin, et fut enterré le lendemain, mercredi 12, à quatre heures après-midi. L'artiste aurait donc eu, à la rigueur, le temps d'exécuter un rapide dessin. Et encore est-ce bien sûr? Chanut, à peine remis lui-même d'un mal semblable à celui qui venait d'emporter le philosophe, et ne voulant pas non plus se présenter trop tôt devant la reine, attendit apparemment la fin de la matinée pour lui faire part du décès : restait-il encore assez de temps, par cette journée d'hiver, si courte et si sombre à cette date en Suède, pour que l'artiste, à supposer qu'on le prévint aussitôt, pût accomplir son travail? Aussi ne trouvons-nous trace de rien de semblable dans le récit de Baillet.

Par contre, l'honnête biographe nous donne un autre renseignement, qui peut tenir lieu de tout le reste. Ce que la reine, informée un peu tard, n'aurait sans doute pas eu le temps de faire, Chanut y avait pensé déjà. Baillet cite en marge une lettre de lui, qu'il écrivit ou plutôt dicta (il était encore trop faible pour écrire) le jour même du décès, 11 février 1650, et qu'il envoya à l'abbé Picot, grand ami de Descartes. Cette lettre nous apprend ce que fit Chanut aussitôt après la mort du philosophe. « Il envoya quérir » le sieur Valari peintre de Mets. [Baillet ajoute en marge : Il » était fils de peintre, et il a vécu trente ans en Suède.] Il lui fit » mouler le visage du défunt, premièrement en cire, puis en » plâtre. » (Tome XII, p. 586[a].) Chanut s'adressait naturellement à un Français comme lui, et qu'il connaissait bien (comme plus tard Christine s'adressera sans doute à son peintre attitré David Beck). Chanut voulait avoir, non pas un crayon, chose plus difficile, mais au moins un moulage du défunt. Qu'est devenu ce moulage? Il appartenait à Chanut, notons-le, et non à la reine; cepen-

---

a. Le fait du moulage se trouve attesté encore dans les documents envoyés de Stockholm à Schooten, dès le 12 février 1650, et que nous avons reproduits ci-avant, p. 33, l. 6-7, et p. 34, l. 29.

dant, comme il y eut deux exemplaires, l'un en cire et l'autre en plâtre, il se peut que Chanut ait donné l'un des deux à Christine. Mais les voyages de celle-ci, après son abdication, en Allemagne et aux Pays-Bas, en France et en Italie, aussi bien que les déplacements de Chanut à Lubeck, à La Haye, avant son retour à Paris, expliquent que des objets aussi fragiles et d'aussi petit volume aient pu s'égarer ou se briser, faute de précautions suffisantes ou même quels que fussent les soins de l'emballage. Toutefois pendant les quelques jours qui suivirent les obsèques à Stockholm, les deux moulages de Valari ont fort bien pu servir au peintre David Beck pour faire un tableau de Descartes après sa mort. Et ce dernier renseignement sur les moulages, joint aux deux précédents que nous avait déjà fournis Baillet, donne peut-être la solution du problème et le mot de l'énigme.

Le portrait dont nous avons une copie à la Bibliothèque de l'Institut, serait un portrait de Descartes *mort*, mais que le peintre a tout de même voulu représenter *vivant*. Ainsi s'expliqueraient les différences entre ce tableau et celui du Louvre. Nous avons signalé la plénitude du visage : n'est-elle pas due à la légère enflure, pour ne pas dire la bouffissure, qui se produit sur le visage d'un homme mort à la suite d'une maladie de quelques jours seulement et où il n'a pas trop souffert? Les rides se remplissent, ce qui lui donne un air plus jeune. D'autre part le nez est, non pas aminci, mais il se tient moins ferme, avec des sinuosités molles dans la ligne; les lèvres sont un peu enflées, surtout la lèvre inférieure, ce qui est encore un signe; enfin la mâchoire paraît un peu déformée, peut-être à cause du bandeau que l'on avait appliqué dessous selon l'usage, pour maintenir la bouche close. Seulement, pour donner les apparences de la vie à ce visage, il fallait lui rendre le regard : de là les yeux quelconques que l'artiste a peints, n'ayant plus devant lui le modèle vivant; il n'a même pas pris garde qu'il les faisait loucher un peu, comme s'il avait expédié hâtivement cette partie de sa tâche. Peut-être, après tout, n'était-ce qu'une ébauche, comme le ferait croire l'inscription, en caractères assez négligés, ajoutée dans le tableau au-dessus de la tête : Cartesius.

Que faire maintenant de cette tête, ainsi reproduite avec la ressemblance que comportaient les conditions dans lesquelles l'artiste avait opéré? Il fallait d'abord la coiffer d'une perruque, et un petit détail donne lieu de croire que c'est bien la perruque de Descartes : en 1649, se voyant grisonner, il s'était fait commander à Paris des perruques noires encore, certes, mais déjà mêlées de cheveux gris;

une mèche grise apparaît précisément dans notre tableau. Il fallait
ensuite ajuster cette tête sur un corps qui rappelât le défunt. Sans
se mettre en frais d'invention, l'artiste aura reproduit l'ensemble
et le détail du costume, tels qu'ils se trouvent dans le tableau de
Hals, comme s'il avait vu celui-ci ou comme s'il en avait eu une
gravure ou un dessin sous les yeux. Ce n'est qu'une conjecture,
mais qui expliquerait les ressemblances entre les deux tableaux,
comme nous expliquions tout à l'heure les différences. L'artiste
aurait même assez maladroitement ajusté la tête : elle ne pose pas
bien sur les épaules, et se renverse trop en arrière, comme s'il
l'avait peinte d'abord renversée en effet sur l'oreiller. Mais ces
défauts si sensibles, ainsi que tous ceux que nous avons signalés,
deviennent autant d'arguments à l'appui de la thèse que nous
soutenons.

Cette thèse n'est pas tellement extraordinaire, et ne constitue
pas un cas exceptionnel et unique. D'illustres exemples, tout à
fait analogues, viennent plutôt la confirmer. Pascal mourut uns
douzaine d'années après Descartes, le 19 août 1662, à une heure du
matin. Sa sœur Gilberte, autrement dit Mad⁰ Périer, ne manqua pas
de faire mouler aussitôt en plâtre le visage du défunt; et plus heureux que pour Descartes, nous avons encore le masque de Pascal.
Il n'a pas eu à subir, comme l'autre, les risques inévitables du
transport dans de longs voyages en pays étrangers. Il est au musée
de Port-Royal, et on l'a reproduit bien souvent par la gravure.
Mais auparavant il avait servi de modèle à un peintre du temps,
Quesnel, pour son tableau : le portrait de Pascal a été fait aussi
après sa mort.

Autre exemple. Bourdaloue mourut à Paris, le 13 mai 1704, à
cinq heures du matin, et fut enterré le lendemain 14. Le peintre
Jean Jouvenet eut le temps de prendre un dessin du religieux sur
son lit de mort. Et même ce dessin existe toujours : il fit partie de
la collection du marquis de Chennevières jusqu'à la vente de
celle-ci en avril 1900; un autre collectionneur l'acheta alors, l'abbé
Léon Le Monnier, le même qui possédait aussi un portrait peint
de Descartes jeune, que nous avons fait graver pour notre édition.
(Voir t. XII, p. xv-xvi, et p. 74.) Jouvenet utilisa lui-même le dessin
qu'il avait esquissé, et dès le 17 mai il se mit à peindre le beau
portrait de Bourdaloue, qu'on admire maintenant à Munich, dans
l'*Alte Pinacotek*. L'artiste, mieux inspiré que ne l'avait été David
Beck pour Descartes, n'a pas essayé de rendre le regard à son personnage; il lui a laissé les yeux clos d'un mort; cela convenait fort

bien d'ailleurs au visage d'un religieux qu'il représentait en médi-
tation : dans le tableau, les mains sont jointes, dans le dessin
elles tiennent un crucifix. (On a cru à tort qu'il prêchait, d'où
la légende de Bourdaloue prêchant toujours *les yeux fermés*.) On
trouverait sans doute bien d'autres exemples de portraits exécutés
dans des conditions semblables. Citons, pour terminer, le portrait tiré après la mort de Me J.-B. de la Salle, Docteur en Théologie, Instituteur des frères des Écoles chrétiennes, en 1719. Le
portrait en question de Descartes ne serait donc pas un cas
isolé ; il serait conforme à un usage assez fréquent au xviie et
au xviiie siècle [a].

L'intérêt qui s'y attache, ne s'en trouve pas pour cela diminué ;
au contraire, il en est plutôt accru. Ce portrait prendrait presque
pour un dévot de Descartes la valeur d'une relique, si notre hypothèse, suffisamment étayée déjà, ce semble, devenait tout-à-fait
solide. Nous ne la donnons toutefois que comme une hypothèse,
souhaitant que d'autres preuves viennent un jour y ajouter la certi-
tude parfaite. Elle ne repose jusqu'à présent que sur trois textes de
Baillet, ou plutôt sur le rapprochement, toutefois assez naturel,
de ces trois textes. Mais chacun d'eux au moins, pris à part, est
parfaitement certain. David Beck se trouvait certainement à
Stockholm pendant le séjour de Descartes, et il a connu celui-ci
les derniers mois de sa vie. Le visage du philosophe défunt a
certainement été moulé, en cire et en plâtre, par un peintre du
nom de Valari. Enfin un portrait du philosophe a certainement été
peint après sa mort : il est vraisemblable que ce fut à l'aide de
ce moulage, et par le peintre David Beck. Ce portrait serait celui
dont nous avons maintenant la copie à la Bibliothèque de
l'Institut.

a. *Le portrait de Bourdaloue, d'après de récentes découvertes*, par
HENRI CHÉROT (Paris, Poussielgue, 1902, br. in-8, pp. 19). Extrait de la
*Bibliothèque franco-italienne du Monde Catholique et du Cosmos Catho-
licus. Vol. I*. Cet intéressant opuscule nous fut indiqué par M. Fortunat
Strowski, pour confirmer notre hypothèse sur le portrait de Descartes.
La première idée de cette hypothèse nous fut d'ailleurs suggérée par
un jeune professeur de philosophie au lycée de Bar-le-Duc, M. Henri
Micault.

IX

PORTRAIT DE DESCARTES

PAR

Frans Hals.

Gravure de Suyderhoeff.

On ignore à quelle date exactement Frans Hals, le maître de Harlem, a peint le portrait de Descartes, dont un exemplaire se trouve à notre Musée du Louvre. Voici quelques indications qui permettront peut-être de le conjecturer.

Clauberg, dans un petit livre publié en 1652, *Defenfio Cartefiana,* et dont la préface est datée de février 1652, cite quatre vers qui accompagnaient, dit-il, un portrait de Descartes :

> *Talis erat vultu* NATURÆ FILIUS : *unus*
> *Qui Menti in Matris vifcera pandit iter.*
> *Affignanfque fuis quævis miracula caufis,*
> *Miraclum reliquum folus in orbe fuit.*

Ce qui signifie à peu près :

> Tel était son visage.
> Vrai Fils de la Nature,
> Le seul dont le génie
> A pénétré les secrets de sa Mère.
> Il n'est point de miracle
> Dont il ne dit la cause,
> N'en laissant subsister
> Qu'un seul au monde : Lui.

(Voir t. XII, p. 577 et 580.)

Or nous avons entre les mains une gravure représentant Descartes avec les inscriptions suivantes. Au-dessus de l'image : *Natus Hagæ Turonum, Pridie Cal. April. 1596. Denatus Holmiæ, Cal. Feb. 1650.* Notons cette dernière date : *Cal. Febr.,* qui veut dire le 1er février 1650. C'est bien, en effet, la date de la mort de Descartes, mais suivant le calendrier ancien; elle correspond au 11 février du calendrier nouveau qui est la date communément adoptée. L'inscription continue au-dessous de l'image : *Renatus Descartes, Nobilis Gallus, Perroni Dominus, Summus Mathematicus & Philofophus,* « René Descartes, Gentilhomme Français, » Seigneur du Perron, Excellent Mathematicien et Philosophe ». Viennent ensuite les quatre vers, que citera Clauberg : *Talis erat vultu* NATURÆ FILIUS... Enfin, sur la même ligne, comme inscription : *F. Hals pinxit. I. Suyderhoeff fculpfit. P. Goos excudit.* C'est-à-dire les trois noms du peintre, du graveur et de l'imprimeur. Il s'agit donc bien du portrait mentionné par Clauberg en 1652 ; cette gravure existait déjà à cette date, et comme le graveur Suyderhoeff l'a exécutée d'après Frans Hals, *F. Hals pinxit,* le tableau de ce maître est encore antérieur. L'exemplaire que nous avons de la gravure a été retrouvé dans un manuscrit du temps, qui porte la date de 1653 : traduction italienne du traité *des Passions* de Descartes, signée *Martino Ardinois, 1653,* traduction inédite, semble-t-il. Cette gravure est fort belle : c'est peut-être celle qui reproduit le mieux les traits du philosophe, et jusqu'aux moindres particularités du visage (par exemple, « une petite bube à la joue, qui » s'écorchoit de têms en têms, & qui renaiffoit toujours », dit Baillet, cité par nous, t. XII, p. 620, note *a).*

Elle paraît dater de 1650. Il est vraisemblable, en effet, qu'au lendemain de la mort du philosophe, ses amis aient demandé qu'on reproduisît aussitôt ses traits par la gravure. Nous avons précisément une lettre, qui porte la date de Leyde, 2 juin 1650, et qu'Erasme Bartholin écrivit à son vieil ami Olaüs Wormius à Copenhague. Traduisons : « Je vous envoie, dit-il, un » portrait de M. des Cartes, qui le représente au naturel assez » exactement, autant que tous ceux et moi qui l'avons vu, pouvons » en juger. Jusqu'à présent, je n'ai pas pu en avoir beaucoup » d'exemplaires, car l'auteur lui-même n'en a fait tirer que cent » et ne m'en a cédé que deux. Si plus tard j'en puis obtenir, » d'autres, je me ferai un plaisir de vous en envoyer. On a fait » encore ici deux gravures de lui sur cuivre, en grand format, et » avec un art remarquable ; mais comme ce n'est pas tout à fait » l'expression du visage de Descartes, il ne m'a pas paru valoir » la peine, de vous les envoyer[a]. »

a. « Mitto effigiem Dn. Des Cartes, quæ ipfum ad vivum refert fatis » exacte, quantum ego & reliqui, qui ipfum viderunt, judicare poffunt. » Hactenus non potui plura ejus exemplaria habere, nam auctor ipfe tan-» tùm centum imprimi curavit, ex quibus mihi duo cefferunt ; fi pofthac » alia obtinere poffim, haud gravate mittam. Eft adhuc bis æri excuffus

Quelle autre gravure, en effet, à cette date du 2 juin 1650, Erasme Bartholin pouvait-il envoyer en Danemark, que celle de Suyderhoeff d'après le tableau de Frans Hals?

Mais on peut se demander comment il se fait qu'il ait été un des premiers à en avoir un exemplaire, et même deux? Ici nous hasarderons une conjecture. Erasme Bartholin est peut-être l'auteur des inscriptions qui accompagnent la gravure. Cette date inusitée de *Cal. Febr. 1650*, 1er février 1650, selon l'ancien calendrier, est précisément celle qu'il donne aussi dans une lettre précédente à Wormius, comme la date de la mort de Descartes, plutôt que le 11 février, *stylo novo*. (Voir ci-avant, p. 33, l. 5). La coïncidence au moins est singulière. De plus, Erasme Bartholin avait déjà fait des vers pour un portrait de Descartes que Schooten se proposait de mettre en tête de sa traduction latine de la *Géométrie*. Nous le savons par une lettre de Schooten lui-même à Descartes, du 10 mars 1649, (Voir t. V, p. 319, l. 23-29, et p. 321-322 ; p. 338, l. 6-21, et p. 339-340; t. XII, p. 357-358.) A vrai dire, d'autres vers de Constantin Huygens le fils furent préférés, peut-être parce qu'ils avaient été envoyés plus tôt, dès novembre 1648 (t. X, p. 628) ; ils ne furent d'ailleurs publiés, avec le portrait qu'avait dessiné Schooten, que dans la seconde édition, en 1659. Mais les vers de Bartholin, ou plutôt d'autres qu'il fit après la mort du philosophe, purent servir pour la gravure de Suyderhoeff; et nous aurions ainsi l'auteur du quatrain : *Talis erat vultu* Naturæ Filius, *etc.*

Proposons une conjecture encore, qui va nous ramener à Frans Hals. A la date du 10 mars 1649, il n'est encore question que du portrait de Descartes, dessiné par Schooten, pour illustrer le livre qui s'imprimait alors. Quel que fût l'amour-propre d'auteur de Schooten, il eût sans doute préféré à son propre dessin, assez médiocre, il faut bien l'avouer, une belle gravure d'après Frans Hals, si le chef-d'œuvre de celui-ci eût existé déjà (comme plus tard, en 1691, Edelinck gravera ce même chef-d'œuvre pour la *Vie de Descartes* d'Adrien Baillet). Faut-il en conclure qu'au printemps de 1649 Frans Hals n'avait pas encore fait le portrait de Descartes, et ne pensait même pas à le faire? S'il en est ainsi, un texte de Baillet, que nous avons cité (t. V, p. 411, et t. XII, p. 546) prend

---

» hîc, & formâ magnificâ, artificio quoque infigni ; fed quia plane non » exprimit vultum Cartefii, non vifum fuit operæ pretium, ea mittere... » (Olaï Wormii *& ad eum virorum doctorum Epiftolæ*. Hafniæ, 1751, t. II, p. 989.) Pour cette correspondance d'Erasme Bartholin et d'Olaüs Wormius, voir ci-avant, p. 29-37.

une signification précise : un ami de Descartes, Augustin Bloemaert, prêtre catholique de Harlem, ne voulut point le laisser
partir pour la Suède, « qu'il (*Descartes*) ne luy eût donné aupa-
» ravant la liberté de le faire tirer par un peintre, afin qu'il
» (*Bloemaert*) pût au moins trouver quelque légère consolation
» dans la copie d'un original dont il risquoit la perte ». A qui
Bloemaert pouvait-il mieux s'adresser pour cela qu'au portraitiste
en renom de la ville que lui-même habitait, Frans Hals, le maître
de Harlem? Le portrait de Descartes aurait ainsi été exécuté en
juin, ou juillet, ou même août 1649, lorsque le départ du philosophe fut décidé irrévocablement.

Dès lors, bien des choses peuvent s'expliquer. Au lendemain de
la mort du philosophe, on s'adressa, pour reproduire par la gravure l'œuvre du maître, au graveur en renom, Jonas Suyderhoeff.
Il excellait surtout dans les portraits, et on en compte jusqu'à 108,
dans les 137 pièces connues de lui ; neuf de ces portraits sont
gravés d'après Frans Hals, auquel il était un peu allié, son propre
frère ayant épousé une nièce du maître. Suyderhoeff grava, entre
autres, les portraits de trois Français, Saumaise, André Rivet et
Louis de Dieu, outre Descartes. Plusieurs amis du philosophe ont
été gravés aussi par lui, Huygens en tête et Marc Zuerius Boxhorn,
Heydanus et Heereboord, Waessenaer ; de même son grand
ennemi, Gisbert Voet. Ajoutons le portrait de Bloemaert lui-
même, avec l'inscription *hollantsche Augustyn,* allusion un peu
flatteuse au prénom de ce bon prêtre qui était aussi théologien.
Et sans doute ce fut Bloemaert, qui choisit Suyderhoeff pour la
gravure, comme il avait choisi déjà pour le tableau Frans Hals.
Enfin on a aussi le portrait de Thomas Bartholin, frère d'Erasme,
gravé par le même artiste, avec cette inscription : *Thomas Bar-
tholinus, Casp. Fil., D. Med. et Anatom. in Academ. Hafniensi
Profess. Regius. Ætatis 35. A° 1651. — Carl. Van Mander pinxit.
Ionas Suiderhoef sculpsit.* Notons cette date de 1651. Erasme
Bartholin qui se trouvait sur les lieux surveilla sans doute le travail, et les relations qu'il avait ainsi avec le graveur Suyderhoeff
sont une présomption qu'il s'était occupé déjà du portrait de
Descartes, un peu auparavant, au point d'en fournir lui-même
peut-être, comme nous avons dit, les inscriptions.

Nous proposons donc, avec une grande vraisemblance, les
deux dates suivantes pour le portrait de Descartes : gravure de
Suyderhoeff, printemps de 1650; tableau de Frans Hals, l'année
précédente, été de 1649.

INDEX DES NOMS PROPRES

TABLE DES MATIÈRES

INDEX GÉNÉRAL

OEUVRES DE DESCARTES

I.

Ouvrages de Descartes[a].

Académie (Projet d'une) : V, 476-477, 483-484 ; XI, 663-665.
Algèbre (Vieille) : I, 159, 168, 501-502 ; X, 333-335.
Anatomica (Excerpta) : XI, 534-535, 543-548, 549-587, 595, 608-621, 692-694.
    Voir *Varia*.
Anatomicarum Observationum Compendium : XI, 587-594.
Animaux (Traité des) : IV, 247, 310, 326, 329.

Ballet : V, 457-459 ; XI, 661.
Bonæ Mentis (Studium). Voir *Studium*.

Calcul de M. Descartes : II, 23, 89, 146, 152, 246, 276, 332, 392-393, 421, 427,
    467 ; IV, 212 ; X, **659-680**.
Cogitationes privatæ (?) : X, **213-248**.
Comédie : XI, 661-662.
Compendium Musicæ : I, 100, 110-111, 133, 155, 159, 162 et 169, 177-178, 229,
    396 ; II, 389 ; X, 54, 56, 62, **79-150**, 152, 635-636, 644-646.

Description du corps humain : IV, 566-567 ; V, 112, 260-261 ; X, 13-14 ;
    XI, **218-286**, 287-290.
Dialogue. Voir *Recherche de la Vérité*.

a. Nous ne reproduisons pas ici les *Tables des Noms propres*, qui se
trouvent au t. V, p. 595-612, pour les cinq volumes de la *Correspondance*
de Descartes, et à la fin de chacun des six volumes des *Œuvres*. Ces
tables d'ailleurs sont les seules que l'on puisse dresser avec une exacti-
tude parfaite, et ce sont aussi les plus instructives. Celles que nous
donnons ici pour les *Ouvrages de Descartes*, pour les *Livres cités*, pour
les *Noms de lieux*, peuvent aussi être à peu près exactes. Mais la *Table
des Matières* est forcément imparfaite, ne pouvant pas répondre aux
besoins de tous les lecteurs, dont chacun a ses exigences propres, et
devra, pour peu qu'il veuille faire une étude approfondie, rédiger lui-
même une table à son usage. Ajoutons que cette dernière table est surtout
nécessaire pour les cinq volumes de la correspondance, attendu qu'il
existe déjà un sommaire détaillé pour les *Essais* de 1637 (t. VI, p. 487-
539), pour les *Principes* en latin et en français (t. VIII, p. 331-348, et
t. IX B, p. 331-352), pour les *Passions de l'âme* (t. XI, p. 491-497), enfin
pour **Le Monde**, le *Traité de l'Homme*, et **La description du corps humain**
(t. XI, p. ix-x, 203-209 et 287-290).

II.

LIVRES CITÉS.

III.

Noms de Lieux.

*

IV.

Index des Matières.

Lumière (vitesse de la) : I, 307-312, 404, 416-417, 515 ; II, 143, 384 ; X, 402, 551-552 ; XI, 99.

Lumière naturelle. *Voir* Intuition.

Lune : I, 309-312 ; III, 74, 144-146, 257, 583 ; IV, 464-465, 466-467, 481 ; V, 259-260, 313, 346 ; VIII, 197-200 (IX B, 196-198) ; XI, 80-83. *Voir* Flux et Reflux.

Lune (animaux dans la) : I, 69.

» (inscriptions sur la) : X, 35, 163, 227, 347, 403.

Lunettes : I, 13, 21, 24-5, 33-37, 39-52, 53-69, 109, 129, 138-139, 262, 314, 322, 326, 327, 328, 330-337, 359-360, 395-396, 433, 434, 500-501, 506, 520-521, 549, 572 ; II, 25-26, 31, 85, 97, 115, 151, 374-376, 389, 397-399, 420, 447, 452-455, 493, 505, 512-513, 542, 559-560, 589-590, 592, 630 ; III, 9, 43, 45, 177, 285-286, 331-332, 333, 570, 585-586, 590 ; IV, 70, 129, 206, 511, 518, 678 ; V, 375 ; VI, 81-83 (584-585), 155 (617-618), 159 (619), 196-211 (634-642), 206 et 225-227.

Lunettes de Bourgeois : IV, 511.

» Debeaune : II, 542, 633 ; III, 9, 43, 286, 331 ; V, 518, 525, 526, 533, 538-539, 540-541.

» Cavendish : V, 554.

» Galilée : III, 634, 646 ; X, 550-551.

» Du Maurier : II, 464, 470, 505-506, 633 ; III, 9.

» Fontana (à Naples) : II, 445 et 450, 457, 493, 513, 534.

Machine (Corps humain comparé à une) : XI, 120-121, 130-132, 200-202, 226, 312. *Voir* Automate, Horloge, Orgues.

Machines hydrauliques : IV, 573-576 ; V, 174, 244, 546 ; VIII, 326 (IX B, 321-322) ; X, 583, 585, 587 ; XI, 120, 130-132, 212-215, 669. *Voir* Pompes.

Magie naturelle : III, 120 ; VI, 6 (542-543), 9 (544) ; X, 504, 505. *Voir* Miracles (science des).

Magie (accusation de) : VIII B, 151-152.

Mail (jeu de) : III, 9, 37, 208, 209, 450-451, 481-482, 594, 634-635. *Voir* Paume (jeu de).

Manne : VI, 310 (691).

Maladie et mort de Descartes : V, 470-500 ; XI *bis*, 32-36.

Marais (machine à dessécher les) : III, 42-43.

Marques d'envie : I, 153 ; III, 20-21, 49, 120-121 ; VI, 129 (605-606) ; XI, 163-164, 518, 538, 606.

Mars (planète) : V, 171.

Mascaret : III, 192.

Mathématique et Philosophie ou Physique : I, 144, 145, 331-332, 410-411, 420-421 ; II, 141-142 ; III, 173, 215, 649 ; V, 177 ; VI, 19 (550-551) ; VIII A (IX B), 78-79 (101-102) ; IX A, 212-213 ; XI, 314-318.

Mathesis universalis : V, 160 ; VI, 19-20 (550-551) ; X, 376-379, 384-385 ; XI *bis*, 1-3, 20.

Matière (selon les philosophes) : III, 211-212, 565 ; V, 316 ; VII (IX), 175 (136) ; XI, 33, 35-36.

Matière subtile : I, 119-120, 139-140, 294-295, 341, 417, 418, 515, 542-556 ; II, 42-3, 143, 202-220, 288, 305, 362-373, 384, 408-419, 437, 440, 441, 444, 465, 466, 467, 468, 481-482, 483, 483-485, 485, 487, 496-497, 504, 544, 559, 560, 564, 565-566, 572-573, 592-574, 618, 623, 627, 632, 635 ; III, 8-9, 10, 36, 37-38, 39-40, 41, 79, 81-82, 83-84, 86-87, 97, 99, 131-132, 134-135, 152, 177, 210, 256-257, 259, 285, 287-288, 301-302, 315, 321, 341, 354, 374, 482-483, 510, 612-613, 670-672, 686-687 ; IV, 136-137, 454-455, 560, 562, 572, 623, 637, 687, 689 ; V, 48, 98, 105-106, 366, 551 ; VI, 87 (587), 103 (594), 118 (601), 197 (635), 233-238 (655) ; VIII (IX B), 52 (75), 59-60 (82-83), 103-105, (126-128) ; X, 584 ; XI, 33-35, 48-50.

Maure (blanchir un) : III, 62.

Mécanique : I, 420-421, 430, 524 ; VI, 7 (543), 61-62 (574) ; IX B, 14, 17.

Une toute récente publication complète utilement. sur bien des points, cet *Index* : ETIENNE GILSON, *Index Scolastico-Cartésien*. (Paris, F. Alcan, 1912. In-8, pp. 354).

ADDITIONS

CLXXIX *bis*.

Descartes a Mersenne.

1639.

DESCARTES ET COMENIUS.

Le nom de Comenius dans une lettre de Descartes, ci-avant, p. 1,
l. 3, et p. 2, l. 1, était une indication. Nous eûmes donc la curiosité
de parcourir un volume publié à Prague en 1897, sur la correspondance de ce rénovateur de la pédagogie au xviie siècle : *Spisy Jana
Amosa Komenského, Korrespondence,* avec une préface de J. Kva-
čala. On y trouve, page 83, la pièce suivante adressée à Mersenne,
sous la date de 1639 : c'est un jugement de Descartes sur un livre
récent de Comenius, *Pansophiæ Prodromus.*

Judicium de Opere Panſophico.

Quemadmodum Deus eſt unus & creavit Naturam
unam, ſimplicem, continuam, ubique ſibi cohærentem
& reſpondentem, pauciſſimis conſtantem principiis ele-
mentiſque, ex quibus infinitas propemodum res, ſed in
tria regna, Min(erale), Veg(etale) & Animale, certo
inter ſe ordine gradibuſque diſtinčta perduxit : ita

& harum rerum cognitionem effe oportet, ad fimilitudi-
nem unius Creatoris & unius Naturæ, unicam, fimpli-
cem, continuam, non interruptam, paucis conftantem
principiis (imo unico Principio principali), unde
cætera omnia ad fpecialiffima ufque individuo nexu &
fapientiffimo ordine deducta permanent, ut ita noftra
de rebus univerfis & fingulis contemplatio fimilis fit
picturæ vel fpeculo, Univerfi & Singularum ejufdem
partium imaginem exactiffime repræfentanti. De modo
autem fpeculum ejufmodi conficiendi, naturæ maxime
confentaneus ille videtur (quem & Comenium, hac de
re libros mundi utriufque Majoris nimirum & Minoris
cum libro Scripturæ, ut audio, potiffimum confulen-
tem, fibi eligere conjicio), qui veftigia Creatoris in
producendis rebus accuratiffime obfervet : ita ut ex
rationis lumine, primo, probetur neceffario conceden-
dum effe rerum conditorem & Deum ; deinde Crea-
turæ eo pertractentur modo, quo Mofes eas in Genefi
fuâ procreatas luculenter defcripfit, quarum guber-
nationem libri profani, præcipue vero facri ad finem
ufque fæculorum continuandam explicant; denique
ad Deum, tanquam ad punctum vel centrum unde
progreffa, omnia reducamus. Sicuti ex uno, per & ad
unum funt omnia, ita & horum ex <uno>, per & ad
unum contemplatio utiliffima juxta atque jucun-
diffima eft futura.

Ce jugement de Descartes fut envoyé par Mersenne à Th. Haak,
(à moins qu'au contraire il ne l'ait été par Haak à Mersenne).
En tout cas, le texte ci-dessus est accompagné, dans le volume de
1897, page 83, du billet suivant, de Mersenne à l'Anglais Haak :
   « Paris, 31 décembre 1639. — Mr. J'ay efté tres aife de voir le

» Jugement de Mr. Des Cartes ſur l'œuvre de Mr. Comenius; car
» je priſe grandement le ſentiment d'un tel perſonnage, qui voit à
» mon advis plus clair & plus loin en Sciences, qu'aucun autre
» qui vive maintenant ou qui ſoit de noſtre connoiſſance. »

Dans une lettre précédente de Mersenne encore à Th. Haak
(imprimée au même volume, pages 72-73), Descartes est signalé
à celui-ci comme un des principaux philosophes que l'on pourrait
consulter au sujet de la philosophie de Comenius. Peut-être Haak
l'aura-t-il fait, soit directement, soit par l'intermédiaire de quelque
ami qu'il avait en Hollande. Voici le passage de la lettre de Mersenne à Haak :

« Paris, 1639. — ...Quant à ce qui eſt de la Philoſophie de
» Mr. Amos, vous luy pourrez apprendre que nous avons Mr. Gaſ-
» ſendi en Provence, qui prepare une philoſophie où tout ce que
» l'on a jamais ſceu ſera contenu, & qu'il peut auſſi voir la Methode
» de Mr. des Cartes, imprimée à Leyden depuis 2 ans, où il verra
» un deſſein le plus heroïque qui fut jamais, à mon advis... »
(Page 73.)

Dans la même lettre, Mersenne s'exprimait ainsi, « après avoir
» veu le livre & le deſſein de la *Panſophie* de Monsr. Amos Come-
» nius... Au lieu du grand ramas qu'il propoſe de tous ceux qui
» ont eſcrit des Mathematiques, il vaudroit mieux ſaire le choix
» d'une douzaine des meilleurs en chaque partie ». (Page 72.) Et
il en donne la liste.

Voici le titre du livre de Comenius dont il est question : *Reve-
rendi & Clariſſimi Viri* **Johannis Amos Comenii** Pansophiæ
Prodromus. (Londini. Sumptibus L. Fawne & S. Gellibrand,
M.DC.XXXIX. In-12, pièces liminaires, plus 288 pages. Préface
signée :« *Samuel Hartlibius,* Londini, ex ædibus meis, Cal. Januar.
Anno 1639.) L'exemplaire de la Bibliothèque Nationale à Paris
(Z 39.175) porte cette mention écrite à la main : « Donauit Vir
» Clariſſimus & Doctiſſ. Jo. Fredericus Gronouius, XV Octobris
» 1639. Lutet. Paris(iorum). »

Or un examen rapide de ce petit livre permet de résoudre en
partie l'énigme qu'était restée pour nous la lettre CXL de Descartes, t. II, p. 345-348, et annule la tentative d'explication donnée,
ibid., p. 647-649. Le livre que Descartes juge sommairement dans
cette lettre est encore le *Prodromus Panſophiæ* de Comenius. Le
mélange qu'il désapprouve des vérités acquises et des vérités
révelées est bien d'un théologien protestant tel qu'était Comenius.
Le dessein de « ramaſſer dans un ſeul livre tout ce qu'il y a d'utile

» en tous les autres », répond à ce qui avait aussi frappé Mersenne : « au lieu du grand ramas qu'il propofe... » (Voir ci-avant,
p. 99, l. 21.) Descartes critique aussi « les Aphorifmes, page 31,
» &c. » (Tome II, p. 347, l. 10.) On trouve, en effet, dans le *Prodromus Panfophiæ*, dix-huit aphorismes avec cette note en marge :
« Norma Panfophiæ exftruendæ univerfalis Panharmonia apho-
» rifmis aliquot explicatur. » (On ne les trouve pas, il est vrai, à
la page 31, mais pages 59-71. L'imprimeur a dû se tromper, en
lisant la copie : pour peu qu'elle ait été mal écrite, on pouvait
prendre le chiffre 5 pour un 3, et le chiffre 9 pour un 1, surtout si la
boucle était mal fermée.) Enfin Descartes n'admet pas que de jeunes
écoliers puissent se trouver à l'âge de *vingt-quatre ans,* en possession d'une *science universelle.* (Tome II, p. 347, l. 19-21.) Or, suivant Comenius, l'acquisition de toutes les connaissances humaines
pouvait se faire en quatre étapes successives, de six années chacune
(*sexennium*) : la première à l'*École maternelle,* la seconde à l'*École en
langue du pays,* la troisième à l'*École de langue latine,* et la quatrième
à l'*Université* ou *Académie;* les études se terminaient ainsi à l'âge
qui avait frappé notre philosophe. Donc, sans aucun doute, la
lettre CXL se rapporte bien au *Prodromus* de Comenius.

Mais à qui est-elle adressée? L'en-tête porte « Monsieur », ce qui
exclut un religieux comme le P. Mersenne. Serait-ce l'Anglais
Haak, qui, sur l'indication de celui-ci, aurait écrit à Descartes?
Serait-ce un intermédiaire, comme Huygens qui faisait tenir à son
ami les livres reçus de Paris, et qui, dirigeant lui-même l'éduca-
tion de ses fils, devait s'intéresser aux projets de réforme pédago-
gique? Serait-ce quelqu'autre encore? En tout cas, la phrase finale
indique que le destinataire était au courant des querelles suscitées
à Descartes : querelles de Paris ou querelles de Hollande? Enfin
une dernière difficulté se soulève : le jugement de Descartes sur
Comenius, reproduit ci-avant, p. 97-98, est en latin, comme était
aussi le *Prodromus;* pourquoi l'autre jugement, celui de la lettre
CXL, est-il en français? Et ce texte est-il bien l'original, ou seulement une traduction, auquel cas le texte de l'édition latine serait
peut-être plus authentique? Quoi qu'il en soit, cette lettre doit
être rétablie à sa date : en 1639, et non 1638; et le numéro qui lui
convient serait CLXXX *ter,* et non CXL.

Revenons sur ce petit livre de Comenius, que Descartes a lu,
dit-il, « soigneusement ». Après la préface de Hartlib, on trouve
d'abord, à la page 9 (non numérotée), l'indication du contenu :

Hoc libello comprehenfa :

1. *Operis Panfophici Prodromus*, biennio abhinc titulo *Præludiorum* publicatus. (Pag. 1-103.)

2. *Didaetica Differtatio*, de Latini Sermonis ftudio, per *Veftibulum, Ianuam, Palatinum & Thefauros Latinitatis*, quadripartito gradu plene abfolvendo, &c. (Pag. 105-224.)

3. *Conatuum Panfophicorum dilucidatio*, NB. Hæc, quod operis jam ad finem fere fuperiorum progreffis inopinato Authoris munere nobis obveniret, in hunc locum rejici debuit. (Pag. 225-281.)

4. *Didaeticæ Magnæ*, jam abfolutæ, *Titulus*, & capitum *Lemmata*, ex Authoris autographo defcripta. NB. (Pag. 282-286.)

Descartes, qui jugeait volontiers d'un livre par la table des matières, dut lire attentivement ces quatre dernières pages, résumé d'un grand ouvrage que Comenius assurait avoir déjà fait ou commencé, dit notre philosophe (tome II, p. 347, l. 5-6). Citons-en quelques lignes :

Page 282 :   Didactica Magna, Univerfale
                omnes omnia docendi artificium exhibens.
Page 283 :   Didaeticæ noftræ Prora & Puppis efto
                    Inveftigare modum, quo
        Docentes minus doceant, *Difcentes* verò plus difcant,
        Scholæ minus habeant ftrepitus, naufeæ, vani laboris,
plus autem otii, delitiarum, folidique profeetus.

Viennent ensuite les titres de trente-deux chapitres : *Lemmata Capitum Didaeticæ Magnæ*. Nous n'en citerons qu'une dizaine, les plus caractéristiques.

Cap. X. Inftitutionem in Scholis debere effe Univerfalem, feu in Scholis omnes omnia docendos effe.

Cap. XI. Perfeetas Scholas defuiffe haetenus.

Cap. XII. Scholas reformari poffe in melius.

Cap. XIII. Reformandarum Scholarum fundamentum effe, accuratum in omnibus ordinem.

Cap. XIV. Ordinem Scholæ accuratum à Naturâ mutuandum effe...

Cap. XXVI. De quadripartità Scholarum fecundum ætatis & profeetuum gradus fabricâ. Hincque

Cap. XXVII. Exhibetur Idea Scholæ maternæ.

*

Cap. XXVIII. Idea Scholæ vernaculæ.
Cap. XXIX. Scholæ Latinæ Delineatio.
Cap. XXX. De Academiâ...

Il est intéressant de constater que des rapports au moins
intellectuels ont existé entre le réformateur de la philosophie et le
réformateur de la pédagogie, et que Descartes ne fut pas indifférent
aux réformes d'un pédagogue dont la devise pourrait être ce titre
d'un de ses ouvrages : *Schola ludus,* « die Schule als Spiel », ce qui
était aussi déjà la pensée de Montaigne.

DESCARTES ET DAVID BECK.

Un ouvrage récent, *Catalogue des Impressions Elzeviriennes de la
Bibliothèque Royale de Stockholm,* par G. Berghman (Stockholm et
Paris, 1911), donne ce renseignement précieux, p. 53, n° 368 :

Les Passions de l'ame. Par René Des Cartes. A Paris, chez Henry
Le Gras, 1649, pet. in-8. (Imprimé par Louis Elsevier d'Amsterdam.) — C'est, dit Berghman, un souvenir du séjour de l'illustre
philosophe à Stockholm. Descartes le donna lui-même à David
Beck, premier peintre de la reine Christine. On lit, en effet, sur
le feuillet de garde : *Ce prefent livre a eflé donné de l'Autheur à
Davit Beck dans Stockholm en Sweede le 26 de Decemb. A^no 1649.*

Voilà qui confirme absolument l'hypothèse de relations person-
nelles et même amicales entre Descartes et Beck. (Voir ci-avant,
p. 39-44.)

GLANURES

Tome X, p. 213, l. 4-7. *Vt Comædi, moniti ne in fronte appareat pudor, personam induunt : sic ego, hoc mundi theatrum conscensurus, in quo hactenus spectator exstiti, larvatus prodeo.*

La première virgule est mal placée ; il faut la reporter après *moniti ;* ou bien encore la maintenir après *Comædi,* mais en mettre une seconde après *moniti,* de façon que ce mot se détache seul. Voici, en effet, le sens général :

« Les comédiens, le moment venu de monter sur la scène,
» mettent un masque, pour qu'on ne voie pas leur front qui
» rougit. Je fais comme eux : sur ce théâtre du monde, où jus-
» qu'à présent je n'ai été que spectateur, je me présente
» masqué. »

Moniti veut dire, en effet, « *avertis* que c'est le moment ». Ne dit-on pas encore « la sonnette d'*avertissement* » ?

Descartes se souvenait sans doute de ces représentations théâtrales au collège de La Flèche, où lui-même avait tenu un rôle. Ce ne sont pas, en effet, les comédiens de profession, habitués à paraître en scène, qui éprouvent de la honte et qui rougissent ; mais bien de jeunes écoliers, qui ne jouent qu'une fois l'an à la fête du collège.

Et pourtant l'usage du masque subsistait encore au théâtre même, au moins pour certains rôles, dans la première moitié du xviie siècle. Un vers de Corneille dans *la Suite du Menteur,* en 1643, y fait allusion :

> Votre feu père même est joué *sous le masque.*
>
> (Acte I, scène iii, vers 291.)

Qu'on nous permette une digression et une conjecture. *Le Menteur,* qui avait précédé cette pièce en 1642, fut bientôt connu dans les Pays-Bas. Constantin Huygens, l'ami de Descartes, fit même sur cette comédie deux pièces de vers, l'une en latin, l'autre en français,

imprimées dans l'édition du *Menteur* que les Elzevier donnèrent
à Leyde, en 1645. Et Corneille ne manqua pas de les reproduire
dans une réimpression de sa comédie à Paris, en 1648. Une correspondance s'ensuivit entre Huygens et Corneille, lettres du
6 mars 1649 et du 28 mai 1650 ; et on sait que, cette même année,
le poète dédia à son ami de Hollande sa nouvelle pièce de *Don
Sanche d'Aragon*. Ces faits sont à ajouter à ceux que nous avons
notés déjà, t. XII, p. 505-506 : Descartes a dû connaître les œuvres
de Corneille encore mieux que nous ne le pensions, ne fût-ce que
par l'intermédiaire de Huygens [a].

Le Menteur devait être connu à Utrecht aussi bien qu'à La Haye
et à Leyde. Aussi peut-on voir une allusion au titre de cette pièce
dans un vers que les Voët et autres ennemis du philosophe français
ont fait courir, et qui lancé contre Regius, visait à la fois Descartes,
le maître aussi bien que le disciple.

<blockquote>

Simia mendacis Galli, mendacior ipse.

</blockquote>

« Vous ne faites que singer ce menteur de Français, vous-même
» plus menteur que lui. » (Tome VIII, 2ᵉ partie, p. 236, l. 3.)

D'ailleurs par une curieuse coïncidence qui fut peut-être relevée,
le « Menteur » de la comédie de Corneille est un jeune étudiant,
tout frais débarqué à Paris, et qui vient de Poitiers, l'Université en
renom pour les études de droit ; or Descartes était lui-même Poite-
vin, et c'est précisément à Poitiers qu'il avait pris en 1616 ses grades
de bachelier et de licencié. Lui aussi avait quitté bien vite la robe
pour l'épée, et comme dira Corneille, « fait banqueroute à ce fatras
de lois ». Quelques traits du dialogue pourraient s'appliquer rétros-
pectivement au futur philosophe, étudiant de la veille. Dorante,
le Menteur, demande à son valet Cliton :

<blockquote>

Dis-moi, me trouves-tu bien fait en cavalier?
Ne vois-tu rien en moi qui sente l'écolier?

</blockquote>

Et Cliton de répondre, en valet complaisant :

<blockquote>

Ce visage et ce port n'ont point l'air de l'Ecole,
Et jamais comme vous on ne peignit Barthole

     (*Le Menteur*, acte I, sc. 1, v. 7-8 et 13-14.)

</blockquote>

a. *Œuvres de Corneille* (Édit. Marty-Lavaud, Paris, Hachette, 1862).
Tome IV, p. 133, 135-136; et tome X, p. 448 et 453. Voir aussi *Lettres du
Seigneur de Zuylichem à Pierre Corneille*, par M. J.-A. Worp. (Br. in-8,
Groningue et Paris, 1890.)

Que l'on nous permette encore une conjecture. Avant de prendre ses degrés de bachelier et de licencié en droit à l'Université de Poitiers, Descartes n'avait-il pas pris ceux de licencié et de maître ès-arts au Collège de La Flèche? Nous ne savons pas bien ce qui se passait chez les Jésuites de La Flèche; mais nous avons des renseignements précis sur ce que faisaient en ce temps-là leurs confrères de Pont-à-Mousson. Ils avaient en cette ville lorraine une Université, qui était plutôt aussi un Collège. Or le cours complet des études se terminait, au moins pour les meilleurs élèves, par la collation des grades : baccalauréat ès-arts, *baccalaureatus artium*, à la fin de la première année de philosophie, après explication de la *Dialectique* et des huit livres de *Physique* d'Aristote; licence ès-arts, *licentia artium*, et « magistère » ou doctorat ès-arts, *magisterium artium*, après les deux années suivantes, et le cours des études enfin terminé. La collation des grades se faisait en grande cérémonie, avec remise solennelle des insignes : *livre* symbolique, *anneau* également symbolique, *épitoge* et *bonnet* de docteur. Le symbole était expliqué par le chancelier en remettant chaque insigne [a].

Le *livre* représente la philosophie ou la sagesse : fermé, il veut dire que celle-ci est réservée aux seuls initiés, exclusion faite de tout profane; ouvert, il signifie que les maîtres nouvellement promus ont toute licence ou autorité d'enseigner ce qu'il contient :

En vobis Philosophicum librum, clausum, apertum; et Artes liberales ipsamque Philosophiam tradendi autoritatem habetote.

L'*anneau* que l'on passe ensuite au doigt des nouveaux docteurs, témoigne qu'ils reçoivent comme légitime épouse la Philosophie, et qu'ils doivent la traiter et l'honorer comme telle :

Accipite annulum, et intelligite per hunc vobis Philosophiam omnisque liberalis artis doctrinam traditam et quasi desponsam.

L'*épitoge* remplace le manteau des anciens : plusieurs n'ont eu, malheureusement, du philosophe que le manteau et... la barbe, *nonnullos pallio et barbâ tenus Philosophos extitisse*; qu'on ne fasse pas comme eux :

Induimini epomidem, et non habitu solùm, verùm et moribus et doctrinâ vos Philosophos præstate.

Enfin le *bonnet*, le fameux bonnet de docteur, est la marque de la libération ou de l'affranchissement, après la longue servitude

a. *Diarium Universitatis Mussipontanæ* (1572-1764), publié par G. GAVET, Paris et Nancy, Berger-Levrault, 1911. Voir surtout p. 30-31.

de l'écolier au collège. *Insuper addam capiti pileum, ut omnes sciant vos manumissos tandem et à diuturnâ discendi audiendique servitute ad pileum vocatos esse.* Et voici, après cette explication, les paroles du Chancelier, en remettant le bonnet :

Et pileum capite, id est jam sæpius animo cupitam libertatem, cujus est hoc monimentum.

Or ne retrouve-t-on pas çà et là dans Descartes comme le souvenir de ces cérémonies et de ces symboles?

« Sitôt, dit-il dans le *Discours de la Méthode*, que l'âge me permit » de sortir de la sujétion de mes précepteurs... » (Tome VI, p. 9, l. 17-18.) Et la traduction latine, plus explicite encore : *Ubi primùm mihi licuit per ætatem è præceptorum cuſtodiâ exire.* (Page 544.) Voilà qui rappelle la libération et l'affranchissement, que symbolise le bonnet de docteur.

Puis, comme s'il renonçait momentanément aux livres des doctes, même à celui qui les représentait tous et qu'on remettait en cérémonie au nouveau docteur, il se résolut, dit-il, « de ne chercher » plus d'autre science que celle qui se pourroit trouver en luy- » même, ou bien *dans le grand livre du monde* ». (Page 9, l. 19-22.) Il est vrai que Montaigne avait dit déjà, dans ses *Essais*, l. I, c. xxvi : « Ce grand monde,... ie veux que ce foit le liure de mon » efcholier. » (Édit. Strowski, t. I, p. 204.)

Ailleurs, Descartes compare la science à une femme : on la respecte, si elle demeure honnêtement auprès de son mari; mais si elle s'abandonne à tous, elle s'avilit. *Scientia eſt velut mulier : quæ, ſi pudica apud virum maneat, colitur ; ſi communis fiat, vileſcit.* (Tome X, p. 214, l. 4-5.) Et voilà qui rappelle singulièrement l'anneau du docteur, symbole mystique de son union avec la science. Il est vrai encore que Montaigne terminait son chapitre *de l'Institution des Enfans,* par cet éloge de la science, « laquelle, » pour bien faire, il ne faut pas feulement loger chez foy, il la faut » efpoufer ».

Mais, et cette dernière citation, prise à la lettre, ferait croire que Descartes n'a pas quitté le Collège de La Flèche, sans avoir reçu tous ses grades avec le cérémonial accoutumé : « Sitoſt, dit-il, » que i'eu acheué tout ce cours d'eſtudes, au bout duquel on a » couſtume *d'eſtre receu au rang des doêtes...* » (Tome VI, p. 4, l. 25-27.) Et dans la traduction latine : *Simul ac illud ſtudiorum curriculum abſolvi, quo decurſo mos eſt in eruditorum numerum cooptari...* (Page 542.)

Et ceci nous ramène aux dates du séjour de Descartes à La

Flèche. Le 9 février 1645, il écrivit au P. Charlet, jésuite : « Vous,
» qui m'auez tenu lieu de Pere *pendant tout le temps de ma jeu-*
» *nesse* ». (Tome IV, p. 156, l. 12-13.) Et le même jour, au P. Bour-
din, il rappelle sa parenté avec le P. Charlet : « outre, ajoute-t-il,
» que ie luy fuis obligé de l'inftitution de toute ma ieuneffe, dont
» il a eu la direction *huit ans durant,* pendant que i'eftois à
» La Flèche, où il eftoit recteur ». (*Ibid.,* p. 160-161.) Or le
P. Charlet fut recteur du Collège de La Flèche, de 1606 à 1616
(Voir t. IV, p. 156, et t. XII, p. 20.) Descartes assure qu'il l'a eu
comme directeur, et comme second père, pendant tout le temps
de son séjour au collège : donc ce séjour date de 1606 au plus
tôt, et dura huit années pendant le rectorat du P. Charlet, c'est-à-
dire jusqu'en 1614. Et nous n'avons plus besoin de corriger les
chiffres que Descartes donne dans une lettre au P. Noël, datée de
1637 : il rappelle « les difciples que vous auiez, dit-il, il y a
» *vingt-trois* ou *vingt-quatre ans,* lors que vous enfeigniez la
» Philofophie à la Fleche ». (Tome I, p. 383, l. 3-5.) Vingt-trois ou
vingt-quatre ans en arrière, à partir de 1637, nous reportent bien
à 1614 et 1613; et d'ailleurs le P. Noël n'enseigna la Philosophie,
comme professeur en titre, qu'à partir d'octobre 1613. Et s'il eut
Descartes comme disciple, en 1613-1614, cela confirme le fait que
les huit années de collège du futur philosophe s'étendent bien de
1606 à 1614. Deux chapitres de sa vie doivent donc être rectifiés
en ce sens : t. XII, p. 35-40 (hypothèse confirmée), et surtout
p. 19-20.

TABLE DES MATIÈRES

PARIS, IMPRIMERIES LÉOPOLD CERF, 12, RUE SAINTE-ANNE.